Mohammed Khaïr-Eddine

Sein letzter Kampf
Eine marokkanische Legende

MOHAMMED KHAÏR-EDDINE

SEIN LETZTER KAMPF

EINE MAROKKANISCHE LEGENDE

aus dem Französischen von

Morna Dörr

VERLAG DONATA KINZELBACH
MAINZ

Mein Dank gilt meinen Freunden Akli, Mohand, Mourad & Hadia, die mir bei der Übersetzung der Berber-Ausdrücke behilflich waren.

Originaltext:
Légende et vie d'Agoun'chich

Stolze-Schrey-Str. 3
D-55124 Mainz
Tel. 06131-45662, Fax 06131-41088

http://www.kinzelbach-verlag.de

Umschlagfoto:
privat

Lektorat:
A. Wild

ISBN 3-927069-82-5

Druck:
Steinmeier, Nördlingen

Wenn man in einem Land ankommt, das man nie gesehen oder lange zuvor verlassen hat, dann erstaunt einen am meisten die Sprache, die die Einheimischen sprechen. Der Süden, das ist zunächst einmal eine Sprache: das *Tachelhit.* Es ist eine Spielart der Berbersprache *Tamazight*, die in Marokko vier Sprachen umfasst: *Tachelhit*, *Rifin*, *Zaian* und den im Osten gebräuchlichen Dialekt. Aber der Süden ist nicht das allein; geografisch unterscheidet er sich ganz deutlich von den Landschaften im Norden. Je mehr man sich ihm nähert, desto mehr erkennt man die geologischen Besonderheiten. Auf die leicht hügeligen Küsten, die bisweilen grün, bisweilen ganz und gar kahl sind, folgt ein Boden, der sich unmerklich auffaltet, zu Wülsten formt und andere Pflanzenarten hervorbringt. Eine unendliche Vielfalt an Kakteen taucht früh am Morgen auf beiden Seiten der in die trockene und steinige Erdkruste gehauenen Straße auf. Kümmerliche, verstaubte Arganienbäume, flaschengrün, von den amberfarbenen, noch unreifen Früchten gelblich gefärbt, recken ihre von Unwetter und Sonnenglut geschlagene Silhouette dem Himmel entgegen. Dornige Bäume, tausend Mal besiegt und tausend Mal wiedererstanden. Nichts kann jemals ihren Widerstand vollends brechen; weder die Ziegen, die vergnügt an ihnen hinaufklettern, um ihre winzigen Blätter zu fressen, noch die illegalen Holzfäller, die mit ihren mörderischen Geräten die Äste absägen, denn trotz der Modernisierung, die man hinnahm oder sogar anstrebte, wird in den *Kanoun*, den Kohlebecken, weiterhin Holz verbrannt. Der Arganienbaum ist als Symbol für diese Gebirgslandschaft wahrscheinlich charakteristischer als die Überlieferung ihrer mit Patina überzogenen Mythen und ihrer Geheimnisse. So schmerzt es unwillkürlich, wenn man einen dieser ewigen Greise trifft, deren faltige Gesichter eine Geschichte erzählen von Blutvergießen und dem Überlebenskampf, der hin und wieder von einfachen und flüchtigen Freuden unterbrochen ist.

Der Süden, das ist auch die Kleidung der Frauen: das *Tamalhaft*, ein großes schwarzes Tuch mit roter Paspel, und das *Tacheddat*, ein ebenfalls schwarzes Stirnband, verziert mit einer Reihe Korallenstäbchen, welches ein breites rotes Kopftuch hält. Wie man sieht, ist die Frau vom Stamm der *Chleuh*, die das ganze Jahr über in ihren Bergen lebt, zunächst ein Wesen aus zwei Farben: ein Wesen aus Rot und Schwarz. Allerdings nagt die Moderne nach und nach an der tausendjährigen Schönheit der Dinge: das erkennt man an winzigen Details wie diesen Korallenstäbchen, die seit einigen Jahren durch Plastikstäbchen ersetzt sind, oder an den silbernen Spangen und den schweren Ketten aus Bernstein und alten Münzen, die durch Sicherheitsnadeln und Schnüre ersetzt werden, die die Frau in Brusthöhe an ihrem schwarzen Gewand befestigt. Von jeher hat sich die Berberfrau um den verborgenen Sinn der Welt gekümmert. Sie brachte den kleinen Kindern die Kultur der Vorfahren bei, die der Mann ihnen nicht vermittelte, weil er entweder zu faul war oder im Bergbau in Europa oder in den Läden in Casablanca arbeitete. Diese Kultur wurde nicht wie ein Lernstoff im schulischen Sinne weitergegeben, sondern als eine geduldige und methodische Unterweisung. Sie besteht darin, das kindliche Gehirn mit den typischen Legenden zu füttern, ihm aber auch die verschiedenen und erkennbaren Schönheiten der Erde nahe zu bringen. Der Wechsel der Jahreszeiten verwandelte sich in dionysische Feste, wo die Lebenslust ein Ausmaß erreichte, das man nur aus den faszinierendsten Mythen kannte. Die Frau war dann wie eine gütige Göttin, denn sie wurde eins mit den Elementen; ja, sie verkörperte sie, so dass die Natur den Männern noch schöner erschien. Und im Frühjahr, wenn die Sturzbäche mit ihren Fransen von braunem Schaum und ihrem Flaum von grünen Tamarisken die Trommel von donnernden Kieseln schlugen, erblühte die Frau und wurde so leicht wie eine Antilope. Sie wurde eins mit der Wiedergeburt der Natur.

Alle diese Berge und Täler, die gewöhnlich trocken waren, waren überall erfüllt von dem liebevollen Gesang der Frauen von Vögeln, Schmetterlingen und Marienkäfern. Damals gab es in jedem Haus eine oder zwei Milchkühe, Esel und Maultiere. Man sah die jungen Mädchen, wie sie das zarte Gras mähten und in ihre Kiepe häuften, und ihr unverschleiertes Gesicht strahlte unter dem herabfallenden schwarzen Haar. Sie vergnügten sich auf den Feldern zwischen den bunten Blumen, den Mandelbäumen und den Olivenbäumen mit ihren glanzlosen Blättern. In der Abenddämmerung stellten sie ihre Kiepen auf dem feuchten Sand ab und setzten sich im Kreis auf die Schieferplatten, um ihr Herz auszuschütten. Sie sprachen wohl von der Liebe und der Unschuld oder träumten von übervölkerten Städten, in denen sie heute als erwachsene und verbrauchte Menschen in Hektik, Lärm und verschmutzter Luft leben. Sie waren wirklich in einem Paradies, mit dem ihr Körper verschmolz. Aber das war ihnen wohl nicht klar, denn die mit Bedacht eingestreuten Bemerkungen, die die Vorteile der Entwurzelung über Gebühr lobten, wirkten unterschwellig im dafür sehr empfänglichen Bewusstsein der jungen Mädchen; oder sie lösten dort zumindest einen unbändigen Wunsch zu fliehen aus. Damals waren sie frei, durch Berg und Tal zu streifen, diese weite Erde war nur ein weites Feld, auf dem sie sich nach Herzenslust entwickelten. Jetzt lassen sie sich in winzigen Wohnungen und Häusern einsperren, sie gehen nur in Begleitung aus und kennen nichts von den Gefahren draußen. Sie wissen, dass sie in einer Stadt leben, verstehen aber nicht, was Stadtleben wirklich bedeutet. Sie gleichen Termitenköniginnen, die ihr Leben in vollkommener Dunkelheit ganz den Zyklen der Fortpflanzung widmen. Sie sehen sogar aus wie diese, denn sie bewegen sich so wenig, dass sie schnell dick werden und oft krank sind. Einst feingliedrig und schlank, werden sie fett und plump. Und vielleicht vergessen sie, ihrem Nachwuchs das zu erzählen, was ihre Mütter an sie weitergegeben haben.

Mit dem Verschwinden der einheimischen und für verderbliche Einflüsse unempfindlichen alten Männer entsteht das Problem, das kulturelle Erbe zu erhalten. Dies betrifft vor allem die Kultur der mündlichen Überlieferung, die Sprachen der Minderheiten, deren Reichtum verblasst, weil sie nicht einfach aufgeschrieben werden können und so in Vergessenheit geraten. Nur die Alten konnten sich an sie erinnern: bei ihnen hatte man es mit lebenden Zauberbüchern zu tun. Außer dem Senegal, der seine vier Nationalsprachen in Regeln zu fassen beginnt, neigen die afrikanischen Länder dazu, ihre eigenen Wurzeln zu Gunsten fremder Kulturen zu verachten. Es geschieht auf allen Ebenen, in allen Bereichen, sei es das Kino oder das Buch ebenso wie das außergewöhnlich erbärmliche Fernsehen und die anderen Massenmedien. Man kann doch nur sinnvoll mit anderen kommunizieren, wenn man selbst in seiner Kultur fest verankert ist, wobei das Wort Kultur hier das Land und eine enge geistige und körperliche Bindung an dieses Land bedeutet. Da erscheint die moderne Welt, die sich mit leeren Hülsen schmückt, ebenso oberflächlich wie gefährlich. Sie ist nicht nur schwer erträglich, sondern sie unterdrückt oder verbannt alles, was die Identität eines Volkes ausmacht, alles, worauf seine Einheit gründet und was dem Leben einen Sinn gibt, in ein Anderswo, vor dem man sich ängstigt. Vor diesem Problem stehen nicht nur die Staaten der Dritten Welt, sondern auch Europa, besonders Frankreich, denn da wendet sich die bretonische oder die okzitanische Jugend, die sich ihrer Wurzeln bewusst, aber immer auch Opfer der um sich greifenden, multinationalen Entfremdung ist, entschieden ihren Ursprüngen zu. Sie entschlüsselt deren Geheimnisse und versucht, sie auf die Gegenwart zu übertragen. Ungefähr dies geschieht im heutigen Marokko, wo das *Tamazight* in den Universitäten Einzug hält und wo Sänger und Musiker das Repertoire der *Chleuh* modernisieren und das, was erstarrt und überholt erschien, durch sie einen neuen, frischen Wind bekommt. Es gibt immer noch klassische Sänger, aber es kommen keine neuen mehr nach und fast alle sind Epigonen von Haj Bélaid, dem wahren Begründer der Symbolik und der Rhythmik der Berber. Die neuen Sänger und Komponisten der Gruppe „Ousmane“ (Blitze) oder „Izenzarns“ (Sonnenstrahlen) haben alle die Schule besucht und kennen die Musik anderer Völker gut. Sie verleihen den alten Rhythmen und den klassischen Stoffen eine weltweite Dimension. Sie benutzen zahlreiche Instrumente und ihre Lieder orientieren sich an der neuen Sicht der Menschen und der Dinge. Sie singen nicht nur von der Sehnsucht nach einer Vergangenheit, die andere erlebt haben, sondern auch von einer stets kritischen und unbestimmten Zukunft, die entstehen wird. Sie sind die eigentlichen Dichter der Wiedergeburt der Berber.

Seltsamerweise ist man erstaunt, wie stark die Entwurzelung diese Bemühungen vielleicht gefährdet. Sie trägt nämlich die Keime einer ethnischen Zersplitterung in sich, die noch nicht erkennbar, aber doch verbreitet genug ist, dass man ihr in den großen Städten begegnet. Wie im Land der *Chleuh*, wo sogar das Ackerland aufgegeben wird, weil niemand es außerhalb der Zeit des Säens bearbeiten will. Man findet dort nicht mehr die Gemüsegärten mit ihren niedrigen Mauern mit dem stacheligen Geäst, die mit dem Wasser aus dem Brunnen bewässert wurden; trotzdem stellt man fest, dass es noch überall Wasser gibt, denn die Brunnen (es gibt sie noch) sind nicht versiegt. Man trifft hier nur noch auf Leute, die nicht arbeiten, sondern wie die Menschen in der Stadt in den Läden auf beiden Seiten der Durchgangsstraßen einkaufen gehen. Alles, was sie an Lebensmitteln brauchen, wird aus der Sous-Ebene hoch transportiert, von der sie nur ein Gebirge trennt.

Die Händler aus den Städten bauen hier Villen aus Beton, deren Schlüssel sie Freunden anvertrauen; sie wohnen da nur 14 Tage im Jahr oder wenn eine Hochzeit gefeiert wird. Diese Bauten kosten zig Millionen alte Francs; meistens stehen sie mitten in einem großen Park und haben fließendes Wasser und Strom. Mit einem Generator hat man bald dort Licht erzeugt, wo man vorher nur die Öllampe kannte oder den Kamin, in dem trockenes Holz verbrannt wurde, oder die mit Petroleum, Acetylen oder Karbid betriebene Lampe. Heute benutzt man in diesen Häusern Butangas. Man kocht und beleuchtet die Räume damit. Man will unbedingt modern sein, aber dieser ungezügelte Wettlauf nach Modernität wirkt wie eine Droge, die nur zum Konsum dient.

Wenn man dieses verwaiste Land sieht, versteht man nicht, warum diejenigen, die davon gelebt haben, es nicht mehr bearbeiten; warum sie dort nicht neue Bäume anpflanzen, obwohl sie kräftige Arme, Motorpumpen und Brennstoff haben. Sie hätten davon doppelten Gewinn, indem sie Geld sparen und sich von Produkten ohne chemischen Dünger ernähren, genau wie früher. Die Mandel-, Oliven- und Feigenbäume und die Dattelpalmen im Tal der Ammeln sind sehr alt. Sie sind angeblich von den Vorfahren gesetzt worden, aber andere Bäume sind ganz natürlich gewachsen; alle gedeihen mehr oder weniger gut, obwohl sich niemand um sie kümmert. Man begnügt sich damit, die Mandeln abzuschlagen und die Oliven zu ernten, wenn die ersten reifen Früchte auf der Erde liegen. Die natürliche Bearbeitung des Bodens, die Grundlage allen Wissens, verliert sich allmählich wie unter dem Einfluss einer kollektiven Ablehnung. Von all denen, die in den Bergdörfern wohnen, sind es nur die Alten und die Armen, die den Wert der Erde wirklich noch kennen. Ihnen begegnet man auf dem Weg zur Moschee, die bis heute der bevorzugte Ort für Versammlungen der Dorfgemeinschaft ist. Aber außerhalb der Gebetsstunden ist der *Fqih*, der Koranlehrer, fast immer allein; er meditiert auf einer abgenutzten Matte an einer weiß gekalkten Mauer; daran hängt ein schwarzer Lederbeutel, aus dem langsam Wasser tropft. Woran denkt er und worüber meditiert er? Diese Frage stellt sich der, der ihn von weitem unbemerkt beobachtet und vor langer Zeit sein Schüler war. Wie gefürchtet und geachtet er damals war! Jetzt beleidigt ihn jeder Nörgler und geht sogar weg, bevor das Gebet zu Ende ist. Die berühmte Angst vor der Hölle verschwindet wie alles andere; die Leute beten und fasten zwar immer noch regelmäßig, aber eine gewisse Verderbtheit befällt sie, obwohl dies ihren Glauben kaum erschüttert. Man entfernt sich unmerklich von der Religion. Wie alle menschlichen Tätigkeiten ist die Ausübung des Glaubens eine Gewohnheitssache; in der Stadt sind die Leute, die zu den vorgeschriebenen Stunden beten, selten; etwas zahlreicher die, die freitags in die Moschee gehen. Die Jugendlichen in der Stadt haben mit der Religion nichts im Sinn; ehrlich gesagt, sie widmen sich vorwiegend allen Arten von Spiel und dem Trinken um jeden Preis; sie lungern herum und fühlen sich nicht wohl in ihrer Haut.

Aber es gibt auch andere Jugendliche, vielleicht sind sie nicht alle religiös, aber tatkräftig, verständig und verantwortlich genug, um eine andere Zukunft als ihre Eltern zu planen, denen sich die moderne Welt mit der bekannten Brutalität aufdrängte. Jene Jugendlichen, die den Westen kennen gelernt haben, sind in der Lage, der Entfremdung und den Krisen zu entgehen, die sich daraus ergeben, dass der Lauf der Geschichte sich im Augenblick immer mehr beschleunigt. Sie besitzen nur ihre Intelligenz und ihren Willen und tun auf kulturellem Gebiet ihr Bestes mit den ihnen verfügbaren Mitteln. Sie wollen das ausgraben und wiederbeleben, was überall verleugnet und genau von denen abgelehnt wird, die nicht wissen, dass der tiefe Grund des Identitätsverlusts der Verlust der Wurzeln ist. Aus diesem Blickwinkel muss man den Kulturkampf sehen, den sie führen. Diese fortwährende Anstrengung ist nicht als eine Serie von nostalgischen Akten zu verstehen, sondern als die unermüdliche, immer von neuem begonnene Suche nach sich selbst. Man muss darin die Bestandsaufnahme der verborgenen Reichtümer sehen, ohne die es keine spezifische Wesensart gäbe und auch keine Zukunft, in der der zwischenmenschliche Austausch nicht nur merkantil und steril wäre, sondern Hoffnung geben und Vertrauen schaffen würde. Es geht um eine wirkliche Kultur, die man wie das Brot und das Wasser mit seinen Reisegefährten teilt. Alles würde sie bei ihrer Reise auf diesem gärenden und einsamen Planeten einander näher bringen.

Was man bei seiner Ankunft in Tafraout sofort empfindet, ist ein Gefühl von Frieden, den auch die Glut der stechenden Sonne nicht stört. Hier ist alles in Hitze und Ruhe erstarrt, Mauern und Menschen, aber der *Souk*, der im Bezirk der ehemaligen Schlachthäuser liegt, bewegt sich gemächlich weiter. Nur hin und wieder fährt ein Lastwagen durch und zwingt die direkt auf dem Boden sitzenden Obst- und Gemüsehändler, die Schnüre an den Planen zu lösen, die sie als Sonnenschirm benutzen. Die noch grünen Tomaten liegen neben Steigen voll roter Zwiebeln, Kisten von gelben Melonen und weißen oder roten Trauben. Tausende von Fliegen, Bienen und Wespen schwirren da herum. Der kleinste freie Platz dient hier behelfsmäßig als Verkaufsstand; natürlich sind es fliegende Händler. Die Zitrusfrüchte und das Frühgemüse mit ihren leuchtenden Farben sind schön in Reihen aufgetürmt; in der Mitte thront auf einer Matte oder einer Teekiste mit einem alten Schafsfell der Händler und lauert auf einen möglichen Kunden, weil man während des Ramadan am helllichten Tag nur sehr wenige Spaziergänger draußen sieht. Erst wenn das Fasten bei Sonnenuntergang zu Ende ist, beginnen die Leute, wieder richtig zu leben und ihren Tätigkeiten nachzugehen. Dann gehen sie aus dem Haus und setzen sich auf die Caféterrassen, wo alle Geschäfte abgewickelt werden. Wer noch nicht die rituelle Suppe zum Fastenbrechen gegessen hat, nimmt dort ein oder zwei Schalen der dampfenden Suppe mit einer Handvoll Datteln und einem großen Glas Milchkaffee zu sich. Tagsüber sieht man nur Touristengruppen in Shorts oder glattweg in Berberkleidung; die jungen Hippies mögen viel lieber die weite und leichte *Touquia*, ein Sommergewand, als die traditionellen Jeans. Den ehemaligen Tafraout-Platz, das alte Zentrum, wo die Straßenhändler Gewürze, Datteln und seltene Kräuter aus Schwarzafrika ausbreiteten und die Tierhändler Ochsen, Milchkühe, Esel und Schafe verkauften, gibt es nicht mehr. Man hat dort unter gleichförmigen Bögen eine Reihe von Läden gebaut, aus denen überall dieselben Gerüche strömen.

Sogar die Zugtiere und die Lasttiere sind von Fahrzeugen, kleinen Lieferwagen und Mopeds verdrängt worden. Ihr Geknatter übertönt die Schreie der wenigen Esel, denen man hin und wieder noch begegnet. Tafraout hat sich im Lauf der Jahre in eine ockerfarbene, staubige kleine Stadt verwandelt. Sie wird von einem Pascha verwaltet und ist so direkt von Tiznit abhängig. Sie liegt am Ende eines felsigen Talkessels, über dem Geschwader von Raben kreisen, die über den Schlachthöfen und den Wipfeln der Dattelpalmen in der Umgebung fliegen. Da kauert die Stadt in der Sonne, weit von allem entfernt, aber faszinierend. Die vielen geräumigen Gebäude der ehemaligen Kolonialverwaltung nutzt der neue Pascha als Wohnung und Büroräume. Innerhalb der Mauern stehen viele Bäume, vom Olivenbaum bis zum Eukalyptus. Blumenbeete säumen die geraden Wege; hier und dort stehen dichte Oleanderbüsche. Kleine Palmenwälder beschatten in der Ferne das Bett der ausgetrockneten, sandigen Wasserläufe; bei dem von Erosion gezeichneten Gebirge, wo kugelförmige

Felsen in labilem Gleichgewicht nebeneinander stehen, beginnt die übliche wilde Vegetation der Höhenlagen: Thymian, Rosmarin, Arganien, unterschiedliches Gestrüpp, Brustbeeren, Kakteen usw. Das Gebirge ist der Lebensraum der Schlangen, Eidechsen, Skorpione, Tausendfüßler, Schakale (selten, seit Schäfer aus den Oasen im Gebiet vor der Sahara versucht haben, sie zu dezimieren), der Stachelschweine, Igel, Wildschweine und vieler anderer Tiere wie Hasen, graue Eichhörnchen, Aasgeier und die königlichen Raubvögel. Von oben kann man am besten die Stadt bewundern, wie sie mit ihrem ocker-weißen Malerkittel zwischen den Felsmassen kauert. Von hier wird das, was unten liegt, deutlicher und man bekommt eine unwiderstehliche Lust, mit dem Weltall zu kommunizieren. Dieser Ort hat tatsächlich kosmische Ausmaße; Geologie und Metaphysik verschmelzen da in vielfältigen Bildern und hinterlassen im menschlichen Gedächtnis ein unauslöschliches Zeichen wie ein magisches Siegel heiterer Gelassenheit im Weiß der Unschuld, entstanden aus dem reinen Hauch der Schöpfung. Dieser außerordentliche Anblick verwischt sich, wenn man wieder in die Stadt hinuntergeht... Dann wird man aufgesogen von den Farben und dem Rhythmus des Lichts; man schlendert gemächlich zwischen den schimmernden Stoffen umher, die die Auslagen der Läden so prachtvoll aussehen lassen wie die im Zentrum von Dakar, denn Schwarzafrika bringt hier seinen gestochen feinen, sensiblen Charakter zum Ausdruck. Es ist der Punkt, an dem zwei Kulturen glücklich aufeinander treffen, die der Berber und die der Schwarzafrikaner. Deren Kunst zeigt sich an den kleinsten Dingen, den unbedeutendsten Gesten; alle Gegenstände sind davon durchdrungen; Töpferwaren wie Schmiedeeisernes. An ihrer Kunst erkennt man den Geist dieser Völker, die versuchen, den Hass und die frühere und die heutige Sklaverei zu vergessen, und die sich unbekümmert biologisch und kulturell vermischen.

Die alten Türschlösser aus Holz erinnern auf seltsame Art an die Schlösser an den Häusern der *Dogon*: Parallele Riegel aus Hartholz, in deren durchlöcherte Oberfläche man zum Verschließen Holzstäbchen steckt. Zum Öffnen benutzt man einen gezahnten Schlüssel. Die Ähnlichkeiten zwischen dem Norden und dem Süden der Sahara sind vielfältig. In Tafraout wird der Fremde nicht als ungebetener Gast angesehen; er ist ein Pilger, den man mit Achtung empfängt. Chauvinismus und Rassismus sind trotz der negativen Einflüsse der Großstädte im Norden, die Opfer der äußeren Entfremdung sind, noch nicht bis an dieses Ende der Welt gelangt.

Man sagt, ein Sterbender sehe in einem Augenblick blitzartig sein ganzes Leben vor sich, was einen Film mit so geraffter Handlung ergebe, dass man Einzelheiten und Zeitdauer nur mit Mühe bemerken könne. Aber lassen wir das und wenden uns der Weisheit des Volkes zu.

Das Landeskind, das sein Dorf seit zwanzig Jahren nicht mehr gesehen hat, hatte nicht weniger schmerzliche Gefühle, als sie ein Mann ertragen muss, der stirbt und weiß, dass er bald scheiden wird. Je mehr es Kindheit und Jugend hinter sich gelassen haben möchte, umso stärker ist der Schock bei der Rückkehr, wenn es im Gedächtnis zu kribbeln beginnt beim Anblick der unveränderten Orte, der tausend Mal entlanggelaufenen Wege, der ursprünglichen Topografie, der Häuser aus Stein, die es kennt, und der aus Beton, die es nie gesehen hat, ebenso beim Anblick der Leute selbst. Der Sommer macht uns besonders offen für dieses Zusammentreffen von Mann und Kind, denn er hält an den Orten, die er komplett in Beschlag nimmt, die kleinsten Einzelheiten in vollkommener Klarheit fest. Er löscht nach und nach die alten Träume des Exilierten aus, die im Honig der geliebten und gefürchteten Erde verbrannt sind. Alle Dinge erscheinen kleiner, die Distanzen werden kürzer, die Häuser scheinen für Zwerge gebaut, die kleinen Straßen werden enger, die Pflanzen verdichten sich wie im Traum, die Felsen, die er früher mühsam hinaufgeklettert ist, erklimmt er schnell... Am folgenden Tag zeigen die Räume ihre wahren Ausmaße. Die Nächsten, die uns zunächst fremd erschienen, werden wieder vertraut, sind aber verschlossen und ein bisschen einsam. Weil sie sich verlassen fühlen von den Ihren, die ohne den Wunsch zurückzukehren weggegangen sind, legen sie einen Panzer an, der sie vor Groll und unangenehmen oder bitteren Erinnerungen schützt. Schließlich nehmen sie sich an und werden genau wie ihre Toten immer schwächer. Die Beziehung, die sie zum Jenseits pflegen, ist von keinerlei Furcht geprägt; sie besuchen oft ihre Vorfahren auf dem Friedhof und die Vorfahren füllen den Schlaf der Lebenden mit dem Echo aus dem Jenseits; sie beschäftigen sich mehr mit der Zukunft, deren Geheimnisse sie nur ungern und spärlich enthüllen. Sie erscheinen den Lebenden nie als aggressive oder perverse Gespenster; es sind weder Klopfgeister noch *Djinns*. Im Gegenteil: sie markieren mit ihrem unwirklichen Licht den dunklen gewundenen Weg, den ihre Nachkommenschaft einschlägt, immer bereit, in die schlimmsten Rachegefühle zu verfallen.

Und man kommt in seiner Heimat an, voll vom Lärm der Großstädte und dem Wüten des Meeres, und an immense Weiten gewöhnt! Man öffnet sein Herz dem Vorübergehenden und dem Zaunkönig, der am geborstenen Stamm sitzenden Nachtigall und dem winzigen Korn, das das Gedächtnis der Erde enthält. Wie köstlich schmeckt nach den schweren Weinen in der Fremde der Krug mit Molke, die mit gemahlenem Thymian bestäubt ist! Selbst die Fliegen, die die Hitze draußen scheuen und sich in den Halbschatten flüchten, wo man sich hinlegt, schätzen diese unerwartete Rückkehr: Vergeblich verscheucht man den ungeordneten Schwarm, er kommt jedes Mal größer wieder. Man schließt wieder Bekanntschaft mit dem kleinsten Balken, der kleinsten Stufe; man erkennt die im Traum aufgesuchten winzigen, dunklen Räume wieder, man lauscht wahrhaftig der Musik aus der Kindheit.

Nach zwanzig Jahren Abwesenheit ist man in den Augen derer, die man auf die Welt kommen sah, nur ein Fremder... Die Kusine, von wilder Schönheit, erkennt euch nicht wieder, sie hält euch für einen umherirrenden Touristen oder einen Polizisten... sie verbirgt ihr Gesicht und geht weg, wobei sie wirr daher redet. Das schnürt euch die Kehle zu. Ihr sagt euch, dass ihr nicht mehr von hier seid, dass euer wirkliches Vaterland überall ist – außer zu Hause... Ihr vergleicht euch mit Odysseus aus Ithaka, den

Poseidon verflucht hat, aber ihr seid länger umhergeirrt als er! Schließlich offenbart ihr der Kusine eure Identität... Und alle, die euch nicht erkannt haben, kommen dazu und werfen sich euch in die Arme. Von diesem Augenblick an fliegt die Nachricht von eurer Ankunft von Mund zu Mund. Man kommt von überall angelaufen, um euch zu gratulieren, euch anzufassen... Man streitet sich heftig um die Ehre, euch zum Abendessen einzuladen; ihr geht von einer Terrasse zur nächsten; ihr esst ein bisschen bei dem einen, ein bisschen bei dem anderen, um niemanden zu kränken, denn diese Gastfreundschaft lehnt man nicht ab. Die Alten, denen ihr draußen begegnet, erkennen euch sofort: sie heißen euch höflich willkommen und gehen davon. Die Frauen, die ihr kanntet, als sie jung und hübsch waren und die jetzt runzlige Witwen sind, drücken bei eurem Anblick echte Freude aus; alle flehen euch an, so lange wie möglich in der Heimat zu bleiben. Das rührt euch so sehr, dass ihr unwillkürlich wieder in die Vergangenheit eintaucht.

Es war einmal ein Mann, der eine kinderreiche Familie und eine riesige Herde von Ziegen und Schafen hatte. Er hieß Lahcène Oufoughine und war mit den Seinen und seinen Tieren einer Sintflut entkommen, wie es in der Geschichte der Erde nur wenige gegeben hat. Die Legende nennt als seine Herkunft einen Ort namens Tamdoult n'Ouqqa, was „Binnenmeer" bedeutet. Es handelte sich wahrscheinlich um einen riesigen Süßwasser-See. Es war eine reiche und dicht bevölkerte Gegend, die ein hohes Maß an Zivilisation erreicht hatte. Man erzählt heute noch, dass dieses Land existiert und dass die Leute, die dort lebten, bei der großen Sintflut vom Boden verschluckt wurden. Man fügt aber sofort hinzu, sie seien nicht tot und man könne ihre Stimmen und die Schreie ihrer Tiere hören, wenn man vorbeikommt. Lahcène Oufoughine musste mit seiner Familie und seiner Herde aus diesem unseligen Ort wegziehen. Sie durchquerten glühend heiße Wüsten und grüne Oasen, unendliche steinige Gegenden, die Scharen von Hyänen, Schakalen, wilden Gazellen und Reptilien unsicher machten. Sie waren auf der Suche nach einem ruhigen Ort, um sich da niederzulassen, doch sie gaben jedes Mal auf, denn die entdeckte Gegend war entweder unwirtlich oder sie war reich und von kriegerischen Stämmen besetzt. Niemand weiß, wie viele Jahre Lahcène Oufoughine umhergeirrt ist. Die Chronik, von der man heute nur noch Bruchstücke besitzt, berichtet von einem Aufenthalt in der Nähe von Illig, auf einer Hochebene über dem Tal der Ammeln. Er ließ sich dort zu Anfang gegen den heftigen Widerstand der Einheimischen nieder. Man sagt, er habe mehr als einen von ihnen ermordet. Wenn man da vorbeikommt, sieht man hoch oben auf der Bergspitze die Ruinen seines ehemaligen Wohnhauses und seines Schafstalls. Brustbeerbäume, Kakteen und Arganien sind dort eingedrungen. Danach stieg Lahcène Oufoughine ins Tal hinab, um sich endgültig in einem Ort namens Azro Wado (Stein des Windes) niederzulassen, in dem damals nur eine einzige Familie wohnte. Lahcène Oufoughine verband sich mit ihr durch Heirat und tauschte eine große Anzahl Ziegen und Schafe gegen Land ein. So wurde der Hirte, der einem schrecklichen Unglück entronnen war, sesshaft. Doch die Liebe zur Fremde und zum Herumziehen ergriff auch seine Nachkommen wieder. Eine ewige Kluft, die mit einem entscheidenden Bruch begann und durch die Jahrhunderte, die Bürgerkriege, die Bündnisse und die kurzen Friedenszeiten im Gedächtnis und im Herzen der Menschen immer tiefer wurde.

Man weiß nichts von Lahcène Oufoughines Ende und ebenso wenig darüber, was er tat, nachdem er sich in Azro Wado niedergelassen hatte. Man kann nicht sagen, wie er lebte. Diese Phase seines Lebens liegt in undurchdringlichem Nebel. In welchem Jahrhundert lebte er? Wo genau kam er her? In der Geschichte, die manches Mal Umstürze erlebte durch das plötzliche Auftauchen sich bekämpfender Gruppen und in der Folge von herrschsüchtigen Dynastien, kommt eine Stadt namens Tamdoult n'Ouqqa im Süden Marokkos vor. Eine alte Stadt, wirtschaftlich und vielleicht auch kulturell aufgestiegen. Es muss eine Provinzhauptstadt gewesen sein, ein Umschlagsort für Edelmetall oder sogar eine Hochburg des Bergbaus, denn in der Umgebung gab es wohl Silberminen. Tamdoult n'Ouqqa war vielleicht das alles zusammen. Es war gelungen, die Sturzbäche oder das unterirdische Gewässer zu kanalisieren und es mag sein, dass es da einen kleinen, von Quellen gespeisten See gab. Tamdoult n'Ouqqa war infolgedessen eine blühende Stadt mitten in einer Steinwüste. Zwangsläufig für alle ein Durchgangsort. In der Folge fürchtete man die Stadt; sie verursachte solche Angst, dass man sie zerstören musste. Daher wahrscheinlich der Ursprung jener berühmten Katastrophe, die man so voreilig mit einem Krieg verwechselte. Wie aber sich entscheiden zwischen Theorie und Legende? Die Vorstellung hat am Ende einen leichten Riss. Man muss also der Legende folgen, ohne bestimmte historische Anhaltspunkte außer Acht zu lassen, die dieser von der Phantasie bedrängten Grauzone einen Sinn geben können.

Lahcène Oufoughines Nachkommen schwärmten in das Tal der Ammeln aus und eroberten das Land der kleinen oder nicht sehr kriegerischen Stämme. Sie benahmen sich wie Heuschrecken, die sich auf die Pflanzen in der Ebene oder auf den Felsen stürzen: sie verwüsteten die Kulturen und teilten die Felder auf, wie es ihnen gefiel. Unglück und Zerstörung traten an die Stelle von Arbeit und Wohlstand. Man pflügte nicht mehr den terrassierten Boden, und da er nicht mehr bearbeitet wurde, wurde er zum Sammelbecken für das Wasser der reißenden Bäche. Man lebte von Raub und Hass und gewöhnte sich an den Tod. Mord und Plünderung waren an der Tagesordnung. Man zögerte nicht, ein Kind in den Armen seiner Mutter zu töten, wenn sie sich gegen die Ermordung ihrer Nachkommenschaft zur Wehr setzte. Unversöhnliche Clans bildeten sich in ein und demselben Dorf. Die auf den felsigen Hügeln erbauten Häuser waren wie Beobachtungsposten des Schreckens. Sie hatten keine Fenster; die einzigen Öffnungen waren die Schießscharten. Man tötete selbst nachts: Wehe dem Unvorsichtigen, der mit einer Lampe in der Hand auf einem der Wege entlangging! Er biss unweigerlich in den Staub und wurde hastig noch vor Sonnenaufgang unter die Erde gebracht. Für ihn gab es weder Totenwache noch Totengebet, sondern nur einige Suren, wild zusammen gewürfelte Steine, ein paar Schäufelchen Erde und ein bisschen Gestrüpp, um seinen Leichnam vor Schakalen, Hyänen und Geiern zu schützen. Nach der Beerdigung ging man auf Umwegen durch das Gebirge nach Hause und verschanzte sich dort. Die Männer reinigten ihre Waffen und gossen Bleikugeln. Diejenigen, die Karabiner oder Gewehre hatten, nahmen sie auseinander, schmierten sie und setzten sie sorgfältig wieder zusammen, mit abgemessenen, präzisen Bewegungen, aber den Kopf voller Gedanken an Verbrechen. Die Frauen spannen die Wolle, woben grobe Kleidungsstücke, kümmerten sich um die lärmende Kinderschar und die Tiere, gingen los, um verstohlen ein bisschen Gemüse zu sammeln und Holz zu fällen. Sie hatten keine Angst, denn man musste ja schließlich leben und deshalb schoss niemand auf sie. Da aber immer Unsicherheit herrschte, wurden die

Lebensmittel zunehmend knapper. Man begnügte sich oft mit vertrockneten Karotten, bestimmten Wurzeln, getrockneten Feigen, einer Handvoll schwarzer Oliven und der Milch von Ziegen, Schafen oder Kühen.

Lahcène Oufoughines Gene mussten das stumme Auflodern der Höllenflammen in sich tragen, so dass seine Nachkommen mit härtester Gewalt kämpften. Man erzählt, der Grund ihres Zwistes sei eine sehr schöne Frau gewesen. Eines Nachts hatte man bei ihr zwei Männer überrascht. Man forderte sie auf zu gehen, aber sie gehorchten nicht. Also drohte man, das Haus in Brand zu setzen. Ehebruch wurde nicht mit dem Tod bestraft, die Frauen wurden nicht gesteinigt und ihre Liebhaber nicht getötet. Es wurde eine hohe Summe gezahlt und man ließ Gras darüber wachsen. Doch die erwähnte Frau gehörte einer Familie an, die die Ehrverletzung nicht hinnahm. Daher wurden die beiden Männer entmannt und mit einem Messer erstochen. Aus dieser Zeit stammt dieser widerliche Hass im Geist und im Herzen der Nachkommen Lahcène Oufoughines. Allerdings führen ihn einige kluge alte Männer auf die große Hungersnot zurück, die in irgendeiner, nicht näher bestimmten Zeit im Umkreis der Sahara gewütet hatte. Ihrer Meinung nach hatte sich das Gespür für Tod und Überleben bei ihren Vorfahren wieder bemerkbar gemacht. Die Stärksten, die Abgebrühtesten und die Aggressivsten wurden zu Räubern. Das Gefühl der Brüderlichkeit, die Blutsbande existierten nicht mehr. Man tötete, um nicht selbst zu sterben, genau wie die wilden Tiere. Die Menschen besaßen lediglich das Gebirge. Nur wenige Intelligente und Mutige waren es, die in den

Norden auswanderten. Wer geblieben war, beraubte Seinesgleichen mit körperlicher Gewalt und List. Man kämpfte um einen Baum, der zwischen zwei Grenzsteinen stand, oder auch um einen Meter Land. Diese unsäglichen Streitereien wurden mit dem Tod quittiert.

In jener Zeit tauchten einsame Desperados auf; es waren Verbrecher der Ehre, ohne Truppe, die nur ein Maultier, ein gutes Gewehr, eine Patronentasche und einen Dolch besaßen. Sie traten in der Gegend als Schmarotzer auf, ohne sich um ihren Ruf zu sorgen. Sie errangen keinen Ruhm und waren lediglich blutige, flüchtige Schattengestalten in dem stürmischen Lauf der Geschichte. Aber ihr tragisches Leben hat der örtlichen Chronik seinen unverwechselbaren Stempel aufgedrückt und man erinnert sich noch an sie mit Respekt, oft sogar mit ein bisschen Zärtlichkeit. Wie in den Shakespeareschen Dramen hatten sie von Gott nur jene kleine Flamme, die sie innerlich verzehrte, von immer neuen Rachegelüsten angefacht. Sie wussten sich schon verdammt, unerbittlich abgelehnt von einer Welt, die sie nur unvollkommen verstanden und deren Waffen sie nur benutzten, um sich selbst zu zerstören. Doch sie lebten an ihr Schicksal gefesselt, gegen das sie sich niemals auflehnten. Jedes Aufbegehren prallte an ihnen selbst oder an ihrer Familie ab. Sogar ihre Gebete waren sinnlos.

Einer dieser Desperados hieß Lahcène Agoun'chich, was in der Sprache der *Chleuh* „toter Baumstamm“ bedeutet. Zu diesem Spitznamen kam er so: Um seine Schwester zu rächen, die auf der Terrasse ihres Hauses getötet worden war, wo sie in Männerkleider gewickelt schlief, sprang Lahcène auf sein Maultier und ritt mit unbekanntem Ziel davon. Der Tod seiner Schwester war nur ein Versehen, das wusste er. Ihm wollte man ans Leder. Folglich musste es eine Strafexpedition gegen seine Häscher geben. In der Nacht verließ er das Dorf, ohne jemanden zu benachrichtigen. Er ritt heimlich davon, eins mit seinem Tier, zwischen den scharf vorspringenden Felsen auf den gewundenen Wegen bergauf und bergab. Immer auf der Hut, fürchtete er die tausend tödlichen Abenteuer auf seinem Weg; er nahm das kleinste Geräusch wahr, den Atem der Hyänen und der Schakale, die schon von weitem Angst und Verzweiflung der Verwundeten wittern. Um diese Stunde wimmelte es im Höllenschlund dieses Tals von Tausenden von Schlangen. Lahcène durchquerte Wasserläufe, deren schlammbedeckte Kiesel unter den mit Eisen beschlagenen Hufen seines Maultiers wegrollten; er ritt unbemerkt durch schlafende Dörfer und musste sich auf Friedhöfen hinter dornigem Gebüsch ausruhen. Er nährte sich von Wild, Mandeln und wilden Feigen und löschte seinen Durst mit klarem Brunnenwasser. Sein Reittier fraß das spärliche Gras der Berge. Die beiden wirkten wie ein apokalyptisches Paar, wobei die mit Blitzen bewaffnete Justitia vom Himmel stürzte. Keine Falle, kein Feind konnte ihren Lauf aufhalten. Das Maultier fühlte sich frei und sein Herr strahlte innerlich, denn er kannte weder Angst noch Aberglauben. Das Maultier bahnte sich behutsam seinen Weg durch das Gestrüpp und über die harten Steine. Nur auf Befehl des Reiters blieb es stehen. Wenn er seinen Gegnern nicht offen die Stirn bieten konnte, wandte er ausgeklügelte Kriegslisten an. So versteckte er sich in einer Grotte, wo er sich ausstreckte und mit rauer Rinde bedeckte. Als seine Verfolger am Eingang der Grotte ankamen, warf einer von ihnen einen Blick hinein und sagte: „Es ist kein Mensch in dieser Grotte. Da liegt nur ein toter Baumstamm, ein *Agoun'chich.*“ Damit waren sie verschwunden. Lahcène verdankte sein Leben seiner Schlauheit. Aus dem Verfolgten wurde ein Verfolger. Aber er war allein und seine Feinde stellten eine gefährliche Bande dar. Sie war gut organisiert und verfügte über Spione und Verbrecher, die fähig waren, aus Großtuerei oder für Geld Vater und Mutter zu verleugnen. Er musste also gleichermaßen ernste Gefahren auf sich nehmen und riskante Vorsichtsmaßnahmen ergreifen... Es musste so sein, dass man ihn überall zu derselben Zeit sah: auf den Wochenmärkten, den *Moussems*, die regelmäßig im Tal oder sonst wo abgehalten wurden; aber man durfte ihn nicht bei sich zu Hause sehen, denn er fürchtete um die Seinen. Daher griff er auf Methoden zurück, die mehr Hexerei als bloßer Taktik glichen; er verstand es wunderbar, die abergläubischen Ängste der Schwächlinge und der Frauen auszunutzen. In ihrem Kopf verwandelte er sich in einen grausamen bösen Geist oder in eine besonders gefährliche Bestie. Man hielt ihn für ein Einhorn (*tagmart is'mal*, wörtlich: Stute der Friedhöfe)... Im Volksglauben war das Einhorn, das einem verloren gegangenen Mythos entstammt, ein übernatürliches Tier mit phantastischer Energie und stellte so die Kräfte des Bösen dar. Es war die unbestrittene Königin der Finsternis. Es flößte den nächtlichen Reisenden einen unsagbaren Schrecken ein. Einige erzählten vom traurigen Ende derer, die das Einhorn zerfleischt hatte, denn man glaubte, es bewege sich vorwärts wie ein Wirbelsturm aus Funken. Von der Abenddämmerung bis zum Morgengrauen trieb es seinen Spuk im unbeweglichen Raum, wo die Stille nur kurz vom kaum hörbaren Summen der Insekten und dem gedämpften Kampf der Räuber und ihrer Opfer unterbrochen wurde. Es hatte den Körperbau einer echten Stute, aber es ging von ihm eine intensive Strahlung aus. Es war also nicht aus Fleisch und Blut, sondern aus einer anderen Materie. Sein religiöses Gegenstück ist Al-Boraq, die phantastische Stute, die den Propheten in der Nacht von Al-Isra, von der Moschee von Medina bis zu der in Jerusalem brachte. Al-Boraq war das Symbol für Weisheit und Macht des Schöpfers, während das Einhorn mit den bösen Kräften und der Finsternis verwandt war.

Agoun'chich kannte die Topografie der Gegend gut. Er bewegte sich darin ohne Schwierigkeiten und bei jedem Wetter. Obwohl er nicht sehr gläubig war, hatte er vor nichts Angst, noch nicht einmal vor dem Tod. Als Kind hatte er gelernt, ihn zu beobachten, ohne dabei zu zittern. Er hatte Leichen und Kadaver gesehen, Ertrunkene und Verstümmelte, die bis zum letzten Aufbäumen röchelten... geborstene Körper, die als fette oder magere Wesen gelebt hatten, die umhergelaufen waren und gestritten, gearbeitet oder faul an einer Mauer gesessen hatten. Er hatte auch sanftere Todesarten erlebt, das Verlöschen von Greisen, die ihn auf den Schoß genommen und liebkost, ihm Datteln und getrocknete Muscheln angeboten hatten, an denen der feine Meeressand klebte.

Er begann zunächst damit, seine Feinde in die belebten *Souks* zu locken, wo er sie leicht bespitzeln konnte; dann, während sie ihn vergeblich in den Cafés und den Läden suchten, wo man nur im Gedränge vorwärts kam, ging er in ihr Dorf und stahl Vieh, das er unterwegs an skrupellose Rosstäuscher weiterverkaufte. So führte er sie an der Nase herum und brachte sie derart außer sich, dass ihnen ihre Kaltblütigkeit verging. Auf diese Art verschaffte er sich ein hübsches Sümmchen, das es ihm erlaubte, neue Patronen zu kaufen und komfortabel zu leben, obwohl er lieber statt auf einem weichen Teppich in der unberührten Natur schlief. Es konnten Monate, selbst Jahre vergehen, ohne dass er einen einzigen Menschen tötete. Aber an dem Tag, an dem er beschlossen hatte, jemand zu erledigen, handelte er blitzschnell und mit durchschlagendem Erfolg. Feuerwaffen benutzte er nur, wenn er die Menge beeindrucken wollte. Er schoss dann einen oder zwei seiner Verfolger mitten in der kreischenden Menge mit einer einzigen Kugel in die Stirn nieder. Niemand konnte ahnen, woher der Schuss gekommen war. Danach war ein solches Durcheinander, dass er wie ein Geist wieder verschwinden konnte. Man beschuldigte ihn nicht offen, aber alle wussten, wer der Mörder war. Ein anderes Mal brach einer seiner Feinde beim Teetrinken plötzlich zusammen. Seine Familie machte die Nachbarn dafür verantwortlich oder Leute aus dem Clan, mit denen der Verstorbene sich in die Haare geraten war. Aber man war weit davon entfernt, Agoun'chich zu verdächtigen. Bloß die Schlauesten erkannten da seine Handschrift.

Wie hätte er aber Gift in eine Teekanne tun können, wo er doch nicht offen vorgehen durfte? Wer es wusste, schwieg aus Angst, dasselbe Schicksal zu erleiden. Die kleinen Teehändler zum Beispiel, denen schon das bloße Erscheinen des Mörders einen Schrecken einjagte. Sie waren so eingeschüchtert, dass sie kein Sterbenswörtchen über seine Besuche sagten. Er erschien plötzlich, reichte dem Händler ein kleines Säckchen und befahl:
- Diesen Nektar tust du in die Teekanne, die du dem XY servierst, oder ich komme wieder, um dich zu beerdigen.

Und genauso schnell, wie er gekommen war, verschwand er wieder. Der andere musste sich erst einmal von seinem Schrecken erholen. Einige Tage später lag eine weitere Leiche auf einer der zerschlissenen Matten, die den nackten Boden des Cafés bedeckten. Man konnte den Händler noch so sehr bedrängen, ihm die schlimmsten Strafen androhen, er gab sein Geheimnis nicht preis. Er wusste rein gar nichts. Es gingen doch viele Leute bei ihm ein und aus... Er konnte doch nicht jeden überwachen.
- Und außerdem, fügte er hinzu, wer sagt denn, dass er nicht an etwas ganz anderem als an vergiftetem Tee gestorben ist? Vielleicht brütete er eine schwere Krankheit aus. Und der böse Blick, hm?! Was meint ihr dazu? Lasst mich in Frieden oder ich beschwere mich beim Scheich.

Das Gift, das Agoun'chich benutzte, war schlicht und einfach Schlangengift. Er war ein Meister darin, Schlangen zu fangen und ihr Gift zu sammeln, ohne ihnen den Kopf zu zerquetschen. Er fing es mit Schilfrohrstückchen und ließ das Gift dann vor Wind und Regen geschützt trocknen. Danach konzentrierte er es zu Pulver und bewahrte es in Röhrchen aus kleinen Schilfstückchen auf, die er sorgfältig verschloss, damit das Gift sich nicht zersetzte. Diese Methode wandte man in der Gegend oft an. Es gab sogar eine Familie, die sich auf das Sammeln von Gift spezialisiert hatte. Man erzählte ziemlich lustige und zugleich schlimme Anekdoten darüber, wie das Gift unter den verschiedenen Familienmitgliedern aufgeteilt wurde, denn alle waren Mörder oder berüchtigte Banditen. Diese Familie war bei weitem die kriminellste, die es im Tal jemals gegeben hatte. Insgesamt gingen mehr als hundert Morde auf ihr Konto. Die drei Brüder hatten sich als die Familienoberhäupter den größten Teil der fruchtbaren Ländereien unter den Nagel gerissen. Einer von ihnen, der am meisten Gefürchtete, vergewaltigte skrupellos allein stehende Frauen, nur um ohne Heirat an deren Besitz zu kommen. Wenn sie dann Mädchen zur Welt brachten, behielten die Frauen sie. Nur die Jungen nahm der Schänder zu sich, sobald sie nicht mehr gestillt wurden. Ein wilder Hass hatte diese Familie gegen einen anderen Clan aufgebracht, der viel größer, aber weniger kämpferisch war. Es verging keine Woche, ohne dass die drei Brüder einen oder mehrere von ihnen umbrachten. Während der Mandelernte schlug der Schänder das Oberhaupt des gegnerischen Clans nieder, als er auf den unteren Ästen eines Mandelbaums stand und die Früchte in der Krone abschlug. Man hatte damals eine allgemeine Waffenruhe vereinbart, aber der Schänder, der als ausgezeichneter Schütze galt, kümmerte sich wenig darum. Ein Feind in Reichweite seines Gewehrs, den musste er umlegen. Das war seine Logik. Der Mord an dem alten Mann entfesselte solche Leidenschaften, dass man während der heißen Stunde in der Mittagsruhe eines der Häuser der drei Brüder anzündete. Obwohl es ein gewaltiger Brand war, griff das Feuer nicht auf das ganze Gebäude über. Nach einem erbitterten Kampf gegen die Flammen gelang es dem Schänder, sie zu löschen. Dieser Brandanschlag steigerte seine Wut nur noch. Deshalb organisierte er eine blutige Razzia gegen den feindlichen Clan. Von da an gaben seine Brüder und er selbst keine Ruhe, bis sie die Mitglieder des Clans gezwungen hatten, in eine vom Tal weit entfernte Gegend auszuwandern. Das war schlicht und einfach eine Verbannung.

Agoun'chich, hart und misstrauisch geworden, durchstreifte die Gegend und lebte fernab der Feindseligkeiten und Abrechnungen, derentwegen in seinem Heimatdorf Blut vergossen wurde. Seine einzige Gefährtin, seine junge, kräftige Mauleselin, kannte wie er alle Schlupfwinkel, alle Wege im Tal und im Gebirge. Ihre Ausdauer verschonte sie vor dem Verdursten. Wie ihr Herr war sie lieber nachts unterwegs und ruhte sich am Tag aus. Auch die übermäßige Hitze machte ihr nichts aus. Wenn es sein musste, ertrug sie geduldig die Sonnenglut. Agoun'chich war sehr um das Fell der Mauleselin bemüht. Wenn er in einem Bach Wasser entdeckte, hielt er an und wusch sie liebevoll ab. Er striegelte und trocknete sie, wobei er ihr leicht den Hals tätschelte. Er sprach oft zu ihr wie zu einer anspruchsvollen Herrin, versprach ihr neuen Schmuck, Gerste, Maisstängel und Klee im

Überfluss. Sie betrachtete ihn aufmerksam, zuckte am Körper und bewegte die Lippen, als wollte sie sagen, dass sie verstanden hätte. Sie hing sehr an ihm, weil er sie selbst aufgezogen hatte. Nein, das war kein Arbeitstier zum Pflügen oder zum Tragen schwerer Lasten, das man bei den ersten Anzeichen von Alter oder Erschöpfung für wenig Geld weiterverkaufte. Sein Tier würde nicht in den Händen eines groben Bauern landen, und auch nicht im Magen der Aasgeier wie die toten Esel, die man weit weg von den Häusern ablegte und im Freien den kräftigen Zähnen der streunenden Hunde und der Schakale oder dem unheilvollen Schnabel der Geier überließ. Falls das Tier vor ihm sterben sollte, würde er es genau wie einen geliebten Menschen an einem Ort begraben, den nur er kannte. Er würde sogar für seine Seelenruhe beten, obwohl er natürlich nicht glaubte, dass die Tiere eine Seele haben. Wenn es aber doch der Fall wäre, hoffte er inständig, sein Maultier im Jenseits wieder zu treffen, um die zukünftigen Freuden mit ihm zu teilen; er zweifelte nämlich nicht daran, eines Tages ins Paradies zu kommen. Er hatte nie jemandem etwas zu Leide getan; wenn er seine Mitmenschen tötete, dann verteidigte er sich nur. Übrigens hatte man ihm immer beigebracht, dass er kämpfen müsse um zu überleben. Die Propheten selbst hatten so gehandelt, um ihr Feinde niederzuwerfen. Einige hatten ihre Religion gewaltsam durchgesetzt. Nichts hatte sie daran gehindert, sich in Soldaten zu verwandeln, um den Glauben zu wecken, der seit tausend Jahren in den verhärteten Herzen der einfachen wie der mächtigen Menschen schlummerte. Als erfahrene Generäle, deren Ideal am Himmel wie ein unerreichbarer Schatz funkelte, stellten sie ihre Bataillone auf und hielten, den Namen Gottes anrufend, ihr Banner empor. Vor dem Angriff sagten sie wunderliche Verse auf, die die Truppe im Chor wiederholte. Sie lachten über die vollständige Vernichtung und das Wüten auf den Schlachtfeldern. Jeder wusste, dass die Heiligen Bücher bei der Geburt der Menschheit unter schrecklichen Krämpfen mit frischem Blut und Tränen geschrieben wurden.

Lahcène Agoun'chich, der immer ein reines Gewissen hatte, hätte Ordnung dieser überall wütenden Anarchie vorgezogen; er stellte fest, dass die Menschen keinen Mut und keinen Verstand hatten und unfähig waren, eine sinnvolle Reise außerhalb der Berge zu versuchen. Er selbst wollte nicht diese unwirtliche, felsige Gegend verlassen, wo jeder seiner Schritte wie auf Goldblättchen einen Abdruck hinterließ. Er sagte sich bisweilen, nur die Hungersnot habe die Leute so grausam werden lassen und es würde eine Zeit des Wohlstands kommen und eine gewisse Brüderlichkeit mit sich bringen. Früher oder später würde die alte Solidarität der Gemeinschaft wiedererstehen. Aber er misstraute jenen flüchtigen Illusionen, die darin bestanden, den gewundenen Geist der Menschen mit einem leuchtend goldenen Heiligenschein zu versehen. Agoun'chich war unempfänglich für Aberglauben, glaubte jedoch an die Wunder der Heiligen. Ihr Schicksal faszinierte ihn; wie er waren sie ewig Umherirrende. Einige von ihnen, wie Sidi Hmad ou Moussa[*] hatten wahre Wunder vollbracht: sie hatten unheilbar Kranke geheilt, Besessenen die bösen Geister von Leib und Seele ausgetrieben und geschlachtete und zum Kochen in Stücke zerlegte Kühe wieder zum Leben erweckt. Sidi Hmad ou Moussa hat so seiner Mutter ihre Kuh wiedergegeben, die sie an Metzger verkauft hatte, weil sie in Armut lebte. Als er von einer langen Irrfahrt zurückkam, sah er nicht weit von seinem Haus eine Menschenmenge und fragte den Nächstbesten, was das bedeutete.

- Es geht um die Kuh einer alten Frau; sie wurde gerade geschlachtet. Die Frau jammert, als ob sie ihren ältesten Sohn verloren hätte.

Sidi Hmad ou Moussa, der sehr jung seine Heimat verlassen hatte und jetzt ein Erwachsener mit vornehmen Manieren war, bahnte sich den Weg durch die Menge und kniete sich vor einer in Lumpen gehüllten alten Frau nieder, weil er ihren unsagbaren Schmerz erkennen konnte. Sobald er sie ansah, wusste er, dass sie seine Mutter war. Da er vor vielen Jahren verschwunden war, erkannte sie ihn nicht sofort. Außerdem war sic fast erblindet.

- Verehrte alte Frau, sagte er mit unterdrücktem Schluchzen, was ist dir so Schreckliches passiert? Du beklagst das Schicksal einer Kuh, die du an Metzger verkauft hast und die du nun ganz zerteilt siehst.

[*] Legendäre Figur, die in der Vorstellungswelt der Souss-Masiren eine sehr wichtige Rolle spielt.

- O! Du bist mein Sohn, ich erkenne dich wieder. Du bist noch als Kind mit einer Gruppe von Jongleuren und Seiltänzern weggezogen und hast mich in Ungewissheit und Verzweiflung zurückgelassen. Aber Gott hat es so gewollt, dass du zurückkommst und mich von Alter und Armut gequält wieder triffst. Heute ist ein großer Tag, denn es heißt, dass ich nicht sterben werde, ohne dir noch einmal mit der Hand über den Kopf gestrichen zu haben, da ich dich ja nicht mehr wie früher genau sehen kann. Die Jahre haben das Licht meiner Augen ausgelöscht. Ich bin für jeden, der Mitleid mit mir hat, eine zu schwere Last geworden. Dieses Schicksal teilen alle armen und einsamen Alten.
Sie bückte sich und begann, die stacheligen Wangen ihres Kindes zu streicheln.
- Du bist ein Mann geworden, mein Sohn. Hast du während deiner langen Reise niemals an deine arme, verwitwete und von allen verlassene Mutter gedacht? Und wie sehr man Frauen ohne Mann und Kind verachtet? Ich habe viel erlitten, aber immer die Hoffnung auf deine Rückkehr bewahrt. Angeblich warst du in der Ferne bei unbekannten Völkern gestorben oder verschollen. Alle, die von ihren weiten Reisen zurückkamen und Vermögen mit nach Hause brachten und dadurch eitel und ordinär wurden, zeigten mit dem Finger auf mich wie auf eine Bettlerin oder eine Frau von schlechtem Lebenswandel. Nur wenige waren so freundlich, stehen zu bleiben und mir zu gestehen, dass sie nicht wussten, was aus dir geworden war. Allerdings gab es auch genug schlechte Nachrichten über dich. Einmal hatte man dich gesehen, wie du mit einem Haufen von Sängern und Bettlern,

alle gleich verlaust und abgemagert, um Nahrung bettelnd von Dorf zu Dorf zogst; ein andermal hatte man dich in den verkommenen Spelunken der Küstenstädte getroffen, wo du Flöte spieltest, um die Huren zu unterhalten. Eine Jahreszeit verging nach der andern, ein Jahr nach dem andern, ohne dass du wieder auftauchtest. Aber du bist durch alle meine Träume gespukt. Eine geheime Stimme versicherte mir, dass du immer noch am Leben warst und ein anständiges Leben führtest. Ich sah dich majestätisch in einem Lichtkreis mitten in einem duftenden Garten voller bunter Vögel und Blumen stehen.

Sie rief die herbeigelaufene Menge als Zeugen an, die in einem engen Kreis um sie und die getötete Kuh herum stand. Die heftige Gemütsbewegung, die sie überkam, als sie an ihre Träume und ihr unendliches Elend dachte, übertrug sich auf die Gaffer als eine seltsame Rührung, die sich in stummem Respekt ausdrückte. Die Metzger hatten das Fleisch, das sie gerade auf kleine Häufchen verteilten, liegen lassen, um der Mutter des verlorenen Sohnes zuzuhören. Ein frischer Nordwind aus den Bergen hatte die Zikaden verstummen lassen. Es herrschte eine Stille, wie man sie nur als mystischen Frieden in Mausoleen oder auf Friedhöfen erlebt.

Sidi Hmad ou Moussa hörte seiner Mutter aufmerksam zu. Er weinte, weil er sich nicht vorgestellt hatte, dass sie schon so alt war. Sie war mager und faltig und hatte kein Fleisch mehr auf den Knochen. Ihre Haut bedeckte wie ein verknittertes Leichentuch die Knochen, die man mehr erahnte als unter den zerfetzten Lumpen sah. Ein Kopf mit einem kurzen weißen Haarbüschel saß oben auf dieser Vogelscheuche. Ein Kopf mit tief in den Höhlen liegenden, trüben und tränenfeuchten Augen. Sie war barfuß, konnte aber noch laufen, ohne sich auf einen Stock zu stützen. Sidi Hmad ou Moussa wandte sich zuerst an die Metzger:

- Macht alle Platz. Wir werden mit Gottes Hilfe dieses Geschöpf wieder zum Leben erwecken, sagte er und deutete auf die zerstückelte Kuh. Alle außer seiner Mutter begannen zu lachen. Da stand er wieder auf und berührte mit der rechten Hand leicht ihre Augen. Sie erlangte sofort das Augenlicht wieder. Sidi Hmad ou Moussa legte alle verstreuten Teile der Kuh wieder an ihren Platz und breitete die Haut darüber. Jeder, der sie von weitem gesehen hätte, hätte geglaubt, sie liege nur da, aber nicht, dass sie tot sei. Er gab ihr einen kräftigen Klaps in die Seite und rief:

- In Gottes Namen, Tier, steh auf!

Die Kuh bewegte den Schwanz, muhte lange, als ob sie eine schreckliche Klage von sich geben würde, und stand schließlich zur großen Verwunderung der Menge auf.

Agoun'chich kannte diese Legende, weil eine seiner Tanten sie ihm erzählt hatte. Man hatte ihm auch im Gebirge oberhalb des Dorfes einen riesigen kuppelförmigen Granitblock gezeigt, der sich auf einer schrägen Felsplatte im Gleichgewicht hielt. Dieser Block sah von unten aus wie eine Haube und diente bei Gewitter als Schutzhütte. Man kroch durch eine enge Öffnung hinein. Wenn man erst einmal darin war, fühlte man sich in Sicherheit. Außen gab es in der Mitte dieses Felsens eine ziemlich tiefe, kreisförmige Aushöhlung. Man erzählte sich, Sidi

Hmad ou Moussa habe seinen Stock ganz einfach dort in den Fels hineingestoßen, um seinen Sack mit Lebensmitteln daran aufzuhängen; er hätte nämlich Nager und andere Tiere angezogen, wenn er ihn vor dem Einschlafen auf den Boden gestellt hätte.

Es gab noch andere weniger bekannte Heilige, doch sie hatten nicht die Macht von Sidi Hmad ou Moussa Bei ihm träumte man und die harte Wirklichkeit wurde Magie. Man gelangte geradewegs in das Zauberreich der Engel. Statt sich voneinander zu entfernen, näherten sich die geheimen Räume unerbittlich an, um miteinander zu kommunizieren. Man bemerkte wirklich unglaubliche Vorgänge und stellte seltsame Begebenheiten fest. Diese Zauberei war nicht heidnisch; sie konnte nur durch göttlichen Willen geschehen. Was sie von jeder gewöhnlichen Hexerei unterschied, war das Postulat, demzufolge Gott alles kann. Die Einsiedler und die wirklichen Heiligen rühmten sich nie ihrer Wundertaten oder ihrer Askese. Sie kannten weder Stolz noch Neid. Sie sahen sich als einfache Werkzeuge in den Händen des Schöpfers. Ihre Gräber, die im Umkreis lagen innerhalb der Mauern der weißen *Zaouias*, der ländlichen Klosterschulen, unter einer einzigen Kuppel fern der großen Städte lagen, waren an dem schlichten würfelförmigen Mauerwerk zu erkennen. Die schmucklosen Umrisse fielen in der Landschaft nicht aus dem Rahmen. Von ihnen gingen Wellen aus, die den ängstlichsten Vorübergehenden trotz eines Gefühls von Einsamkeit, fast Todesnähe, heiter stimmten. Diese Bauten waren oft von Olivenhainen und einigen hundertjährigen Palmen umgeben. Es fehlte da nie an Wasser: Wenn die *Zaouias* nicht tief im Tal in der Nähe eines Wasserlaufs lagen, bohrte man Brunnen oder baute Zisternen, die regelmäßig gespeist wurden. Man baute nicht irgendwo, sondern genau an der Stelle, wo der Heilige begraben war. Man brachte seine sterblichen Überreste nicht anderswo hin. So fand man manchmal Grabstätten auf den höchsten Berggipfeln. Die Menschen von früher, an die man sich nicht mehr erinnerte, hatten dort Grabstätten errichtet, wo der Reisende die Nacht neben dem Heiligen verbrachte. Im Innern dieser heiligen Stätten entzog sich der übelste Verbrecher der unmittelbaren Rache. Was man dort träumte, ging früher oder später in Erfüllung. Der Pilger und der ewige Vagabund fanden dort Nahrungsmittel, Küchengeräte, Kerzen, Wasser, Streichhölzer, Tee und Zucker. Unbekannte füllten diese Vorräte auf, wenn sie zur Neige gingen. Da diese Unterkünfte im allgemeinen von den felsigen und kalten Gipfeln entfernt lagen, war man über soviel Eifer verblüfft: Nur Frömmigkeit und der Glaube an ein besseres Jenseits konnten Menschen dazu bewegen, sich in den Dienst der Heiligen zu stellen und Hunger und Durst der Flüchtigen und der Reisenden zu stillen. Diese Orte dienten nicht nur für einen kurzen Zwischenhalt. Oft kam man von sehr weit, um dort Hornvieh zu opfern, damit der Heilige sich für den Spender oder ein Familienmitglied verwendete. Der Duft von Gewürzen mischte sich dann mit dem Geruch von Blut, Eingeweiden und Rauch. Vor allem kamen viele Frauen an diese von der Welt abgeschiedenen Orte. Diejenigen, deren Mann schon lange ohne Nachrichten weggegangen war, kamen in der Hoffnung, im Traum Hinweise zu bekommen.

Der Heilige half der verlassenen Frau, das Herz des flatterhaften Ehemanns wieder zu erobern. Folglich brachte sie entsprechend ihren Mitteln ein Opfer. Die weniger Reichen schlachteten Geflügel, bereiteten Couscous zu und verteilten es an die Landstreicher und die Bedürftigen. Es gab eine Rangfolge unter den Armen. Bei dieser Gelegenheit sah man da geschäftige junge Frauen und Mädchen an den rauchenden Feuerstellen, einen Haufen durcheinander laufender zerlumpter Lausbuben und alte Frauen, die sich im Heiligtum einschlossen und im Chor unverständlich murmelnd ihre Litaneien herunterbeteten.

Zur Erinnerung an die berühmten Heiligen wie Sidi Hmad ou Moussa fand jeden Sommer eine großartige Veranstaltung namens Anmouggar statt, was in der Berbersprache Treffen bedeutet. Diese Versammlung dauerte mehrere Tage. Man bereitete sich lange darauf vor. Um daran teilzunehmen, war man ohne weiteres zwei oder drei Tage unterwegs. Wer ein gutes Reittier besaß, kam von weit her. Dieses zugleich religiöse wie kommerzielle Fest zog alle möglichen Händler an. Hunderte von Zelten standen an dem glühend heißen, felsigen Ort zwischen den knorrigen Laubbäumen, an deren Stämmen man die Esel und Maultiere festband.

Die Männer aus der Sahara, die man „Blaue Männer“ nennt, weil sie Kleidung aus leichter, zum Schutz vor den ultravioletten Sonnenstrahlen in methylenblau gefärbter Baumwolle trugen, waren spezialisiert auf den Verkauf seltener Gewürze und eigenartiger Heilmittel: Balsamwurzeln, afrikanische Heilpflanzen, Antimon, mit dem die Frauen ihre Augen schminken, Tieramber, arabischer Weihrauch, Moschus; außerdem getrocknete Sandwarane, mit denen Schlangenbisse behandelt werden, und ebenfalls getrocknete Chamäleons, die sehr wirksam bei Kinderkrankheiten sind. Sie hingen an Bindfäden über den Säcken mit Henna und Gewürznelken, über kleinen Auslagen, auf denen Muskatnüsse und Safrantütchen aufgeschichtet waren... Dort saßen Töpfer inmitten von dutzenden Krügen, Kohlebecken, Kesseln, Kochtöpfen und riesigen Schüsseln; auch Samen-, Dattel-, Obst- und Gemüseverkäufer; Schmuckhändler priesen den Wert sehr alter Silbermünzen oder ihrer Korallen- und Bernsteinketten an. Man sah Korbflechter, Schmiede und Pferdehändler, die man an den schweren, kostbaren Säbeltaschen, den *Choukkara*, erkannte. Schlangenbeschwörer in einer lärmenden Menge; öffentliche Geschichtenerzähler und Scharlatane, die den skeptischen Zuhörern geduldig die Heilkraft ihrer Ware erklärten... Weiter weg befanden sich auf einem abgegrenzten Bezirk die Schlachthäuser aus Lehm und Stroh, wo die bunte Menge sich geschäftig bewegte, wo Dutzende ausgehungerte Hunde, die kilometerweit hergelaufen waren, unter den feindlichen Blicken der Passanten herumstreunten. Sie bissen sich gegenseitig weg im Streit um Stücke glänzender Innereien und blutiger Abfälle von Milz und Lunge. Gehäutete Schafe und Ziegenböcke hingen an den niedrigen Zweigen der Arganien: man wog die Ware mit römischen Waagen und setzte sie vor Ort ab. Um die Geschlechter zu trennen, hatte man einen Markttag für die Frauen festgelegt, an dem jeder Mann außer den Händlern ausgeschlossen war. Nahe bei dem Grab des Heiligen stand ein alter Arganienbaum, unter den sich junge Mädchen auf der Suche nach einem Heiratskandidaten setzten. Man nannte den Baum *Targant n'tmghriwin* (Hochzeits-Arganie). Die jungen Männer kamen dahin, um die Mädchen zu betören, die sie unter dem Schutz des Heiligen heiraten sollten. Dieser Hochzeitsbrauch besteht noch heute: er geht auf uralte Zeiten zurück, verliert sich aber in einer geheimnisvollen mediterranen Mythologie. Man erzählte sich, am Ende des Treffens würden die Zu-spät-Gekommenen von aus dem Nichts aufgetauchten Affen mit Steinen beworfen. Es wurde behauptet, dass der Heilige auf diese Weise die Diebe und Störenfriede verjagte.

Wenn er genug davon hatte, sich zu verstecken, und sich zu unruhig fühlte, um selbst für seine Sicherheit zu sorgen, ging Agoun'chich los, um einige Zeit an einem heiligen Ort in den Bergen zu verbringen. Er war mit einem Fernrohr für Seeleute aus glänzendem Messing ausgerüstet, mit dem er alles überwachte und die geringsten Bewegungen im Tal bemerkte. Von diesem verlassenen, stillen Beobachtungsposten aus beherrschte er alles. Er erfreute sich besonders an dem Schauspiel, wenn die Herden das vertrocknete Gras zwischen den hohen Granitfelsen abfraßen, die wie ein riesiges Gebiss über den tiefen, schwindelerregenden Spalten aufragten. Die Dörfer klebten wie Wespennester an beiden Berghängen; das Leben ging dort in sehr langsamem Rhythmus vor sich. Die Frauen, schwarze, bewegte Schattenrisse vor den ockerfarbenen brachliegenden Feldern oder auf den schmalen Wegen, verrichteten tagtäglich dieselben Arbeiten: Wasser schleppen, Holz fällen, die Gemüsegärten wässern, Stroh und im feuchten Straßengraben Quecken sammeln. Die Jungen spielten vor dem Eingang der Moschee oder stellten auf dem Dreschplatz Fallen auf, um Tauben und Spatzen zu fangen, die sie dann über dem offenen Feuer brieten. Sie hatten rasierte Schädel wie ihre Väter, aber am Hinterkopf hing ihnen ein langer Haarzopf herab. Sie trugen Burnusse aus grober Wolle und gingen trotz der Dornen, Schlangen und Skorpione barfuß. Ihre Erziehung fand in einem dunklen Raum der Moschee statt, wo ein Gottesmann ihnen ohne Erklärung und ohne Grammatikunterricht schwer verständliche Koranverse beibrachte. Die Jüngsten wurden mit den Buchstaben des arabischen Alphabets vertraut gemacht, das sie stockend aufsagten. Bei den Älteren waren die Begabtesten in der Lage, fehlerfrei die 114 Suren des Koran aufzusagen; allerdings kannten sie deren Bedeutung nicht, denn der ganze Wortschatz war ihnen unbekannt und sie benutzten nie ein Wörterbuch. Sogar ihr Lehrer wusste nur wenig. Er beschränkte sich darauf, ihnen ein Erbe weiterzugeben, das er auf die gleiche Weise bekommen hatte, wie man ein Gerät ohne die unerlässliche Gebrauchsanweisung erhält. Dennoch wurden einige seiner Schüler nach einer mehrjährigen Vorbereitungszeit in einer Koranschule aus der Gegend an islamischen Universitäten wie Taroudant zugelassen. Sie lernten dort wirklich die arabische Sprache und erhielten schließlich ein Diplom als *Kadi*. Die Mädchen blieben zu Hause und gingen nur in Begleitung ihrer älteren Schwestern aus. Durch einen Nachahmungstrieb wie bei jungen Affen übernahmen sie schnell die Verhaltensweisen ihrer Mütter, indem sie sich um Haushalt und Säuglinge kümmerten. Von frühester Kindheit an wurden sie zu Gehorsam und Achtung dem männlichen Geschlecht gegenüber erzogen. Diese Erziehung gründete sich auf ein Gefühl von Furcht vor dem Mann. Dasselbe Gefühl von Furcht und schicksalsergebener Unterwerfung, das die Gläubigen der Gottheit gegenüber empfinden.

Was man vom Gebirge aus vom lebhaften Betrieb in den Dörfern sah, war wie bei einem Ameisenhaufen: alles spielte sich im Verborgenen ab. Bloß das Hin- und Herlaufen, das nur in der Mittagshitze unterbrochen war, zeugte von der Existenz menschlicher Wesen. Dagegen versammelten sich die Familien bei einer Beschneidung, einer Geburt oder einer Hochzeit in einem einzigen Haus; die nahen Verwandten kamen von ziemlich weit her und die Frauen trugen auf dem Rücken schwere Körbe voll mit Gerstenfladen, Honig, ranziger Butter und anderen teuren Lebensmitteln. Die Backöfen im Freien verbreiteten einen bläulichen Rauch, der sich erst bei Einbruch der Nacht auflöste. Man schmauste ausgelassen und unbekümmert. Die weiß gekleideten Männer kamen auf ihren Maultieren angeritten und zeigten stolz ihr Gewehr und ihren Dolch. Für einige Tage vergaß man aber Hass und Rachegelüste. Man begoss sich von Kopf bis Fuß mit Kölnischwasser oder Rosenwasser und wurde ganz dumpf in dieser Luft, die nach Basilikum, Minze und gebrannten Mandeln roch. Die Erzfeinde akzeptierten einen unverletzlichen Waffenstillstand, aber die einsamen Desperados wie Agoun'chich trauten der Sache nicht: es fiel ihnen schwer, sich in das gewöhnliche Leben einzufügen und sie trafen sich nur mit Ihresgleichen, abseits der normalen Leute mit ihren Gewohnheiten. Während dieser Feste waren die Menschen unglaublich ausgelassen. In der Nacht wurde getanzt; auf einem kleinen Platz bildeten die mit schweren Spangen und Ketten behängten Mädchen einen Kreis um die Jungen, die bis zum Morgengrauen die Trommeln schlugen. Wenn der Mond nicht schien, wirkte der zuckende Schein der Freudenfeuer wie Verletzungen der undurchdringlichen Dunkelheit. Die umherstreunenden Füchse und Schakale scheuten Lärm und Licht. Nur verwilderte Katzen wüteten in den Hühnerställen. Von oben sah das Dorf aus wie ein Sternenhaufen.

Für die Kinder gab es ein eigenes Fest: *Ima'achars*, was bei den Christen dem Karneval entspricht. Da war ihnen manches erlaubt, solange es im Rahmen blieb. Man drückte durch Späße seine Unzufriedenheit aus. Die Kinder legten ihre normale Kleidung ab und putzten sich mit Lumpen heraus. Sie hängten sich mehrreihige Ketten aus Schneckenhäusern um und trugen Masken aus Ziegenleder. Ziel dieser Verkleidung war es, den Mädchen und den leichtgläubigen Personen, das heißt allen, die überall böse Geister in dieser oder jener Form auftauchen sahen, einen Schreck einzujagen. Da diese Lausbuben ein paar Tage lang keine Koranschule hatten, bildeten sie rivalisierende Banden und drangen in die Höfe der Häuser ein. Sie stibitzten bei den tauben und blinden alten Frauen Hühner und Eier, aber oft fackelten die wütenden alten Weiber nicht lange und gaben ihnen eine Tracht Prügel. An einem solchen Tag wurde das Klauen nicht nach dem allgemeinen Gesetz bestraft, sondern die Opfer verschafften sich ihr Recht, wenn sie den Dieb auf frischer Tat ertappten. Gewöhnlich verhinderte man solche kleinen Vergehen, indem man den Kindern einige Schalen Gerste oder sogar ein Huhn schenkte. Diese Banden wurden *Itrkiins* genannt, was soviel wie „Türken“ heißt; der Ausdruck war natürlich eine etwas böse Anspielung auf die Türken, die zu der Zeit einen großen Teil der afrikanischen Mittelmeerküsten kolonisierten. Dieses Fest fand seinen Höhepunkt, wenn der *Baqchich*, der Narr, erschien. Nur die Erwachsenen durften diese Nummer sehen. *Baqchich* ahmte perfekt den Geschlechtsakt des Ziegenbocks nach. Durch einen tollen Trick formte er im Handumdrehen aus einem Zipfel seines Gewandes einen Phallus, sprang wild herum und stieß sabbernd die entsprechenden Laute aus. Er zögerte nicht, sich auf die Zuschauerinnen zu stürzen. Dieser geile Faun war das lebendige Symbol für Unanständigkeit und Unverschämtheit. Er zeigte offen, was die Heuchler hinter den hohlen Phrasen einer zweifelhaften Moral verbargen. Seine Pantomimen brachten die Menge zum Kochen. Das allgemeine Gelächter sprengte auf einen Schlag die Fesseln der Scham. Es war wie eine öffentliche psychotherapeutische Sitzung, harmlose Überbleibsel der Feste des Priapos im hellenistischen Altertum. Um die außerordentliche Besonderheit dieser Nächte zu unterstreichen, schichtete man überall Reisigbündel auf und zündete sie unter dem funkelnden Firmament an. Man schürte fortwährend diese riesigen Feuer. Jenseits von Jahrhunderten und Jahrtausenden, vom Glauben der Völker und dem Lärm der Geschichte wiederholten die Menschen die Gewohnheiten ihrer gemeinsamen Vorfahren, die die Lebenskraft anbeteten. Sie waren auf unbestimmte Weise mit dem kosmischen Urprinzip in Verbindung, als ob irgendein wesentliches Atom in ihnen den entscheidenden Augenblick des Urknalls widerspiegelte, in dem das Universum durch die Explosion eines Kerns von unberechenbarer Dichte in einer riesigen Feuersbrunst entstand.

Die drei Brüder saßen auf einer Matte im Schatten eines riesigen Feigenbaums im Garten des Schänders, der von hohen Mauern umgeben und mit trockenem Dornengestrüpp überwuchert war. Sogar in diesem Augenblick legten sie nicht ihre Waffen ab: außer dem traditionellen Gewehr und dem Dolch trug jeder einen Revolver am Gürtel. Das Gebäude lag oberhalb der Flussbiegung am Fuß eines Hügels aus Schiefer. Es war von allen Seiten schwierig, sich dem Haus unbemerkt zu nähern. Außerdem waren da gefährliche Wachhunde, die beim geringsten verdächtigen Geräusch kläfften. An jenem Tag machte laue Frühlingsluft die harte Sonne erträglich. Die Bäume verströmten einen milden, würzigen Duft. Das Gezwitscher der Meisen und Grasmücken im Geäst der blühenden Mandelbäume war nicht verstummt, als die drei Brüder an einem runden Tisch Platz genommen hatten. Obwohl ihre Häuser ganz nahe beieinander standen, trafen sie sich nur im Notfall und wenn sie etwas gemeinsam zu entscheiden hatten. Gewöhnlich verteidigte sich jeder allein und lehnte aus Stolz demonstrativ die Hilfe der anderen ab. Sie waren mittelgroß, untersetzt und hatten keinen Bart wie die meisten Männer in dieser Zeit, sondern trugen ihren dichten, graumelierten, säbelförmigen Schnurrbart zur Schau. Augen wie bei einer Kobra glühten in ihrem Piratengesicht.

Der Älteste schien das Gespräch zu leiten und hantierte an einer Ecke des Tischs mit einem ganzen Sortiment an Schilfröhrchen herum. Es ging darum, das wie immer gesammelte Gift zu teilen und neue Verbrechen vorzubereiten. Sie versammelten sich wie unerbittliche Richter beim Tribunal. Der Unglückliche, dessen Name ausgesprochen wurde, konnte sich auf das Schlimmste gefasst machen. Der Schänder fackelte nie lange, jemanden mit einer Kugel zu töten, weil er ihm im Weg war, oder sogar einen Unschuldigen, weil er ihn leicht ausnehmen konnte; deshalb verkaufte er seinen Anteil Gift den anderen. Seine Brüder benutzten auch ihre Waffen, aber sie wählten nach Möglichkeit eine stille Todesart statt Schüssen, deren Wirkung sie nicht kontrollieren konnten. Sie fürchteten sich vor denen, die sie nur angeschossen hatten. Als gute Jäger wussten sie, dass ein normalerweise ruhiges Tier gefährlich wurde, wenn man es nicht richtig getötet hatte. Der linke Oberschenkel des Ältesten war ein schlagender Beweis dafür: ein Wildschwein, das er getroffen hatte, aber nicht an der richtigen Stelle, hatte ihm mit seinen kräftigen Hauern fast den Schenkel abgerissen. Er war auf einen mit Kakteen bewachsenen Haufen Kieselsteine gefallen. Ohne den Schänder, der das wilde Tier sofort erledigte, wäre er schon lange tot. Obwohl er ihn mit in kochendem Wasser aufgebrühten oder zu Pulver getrockneten Heilkräutern behandelte, war der Oberschenkel noch lange nicht geheilt. Die zunächst klaffende Wunde war zum größten Teil vernarbt, aber da war noch ein Loch, so groß wie eine kleine Münze, das man dauernd behandeln musste, um die Fasern von faulendem Fleisch zu entfernen. Manchmal schloss sich die Wunde. Dann gab sich der Älteste der Illusion hin, es sei ausgestanden. Diese Atempause dauerte Monate an... Da aber das Übel nicht ganz zurückgegangen war, öffnete sich das kleine Loch unweigerlich immer wieder neu. Das begann immer mit einem brennenden Jucken wie bei einem Mückenstich. Als der Unfall passiert war, hatte man mit Gewalt einen Heilkundigen aus einem fernen Dorf geholt; er blieb mehrere Wochen am Krankenbett, doch ohne Erfolg. Weil er es leid war und er die anderen mit seinem Gejammer nicht dazu bringen konnte, ihn fortzulassen, empfahl er die Amputation. Wehe ihm! Rasend vor Wut erschoss der Älteste ihn mit einem Revolver und schrie, niemand werde ihn jemals seines Beines berauben. Allein diese grundlose Tat bewies die extreme Brutalität dieser drei Brüder, die man die schwarze Pest nannte...

- Dieses Mal, sagte der Älteste, haben wir die Möglichkeit, das ganze Tal umzubringen.

- Und wenn wir das alles verkaufen würden? fragte der Schänder. Ich habe gehört, dass manche Frauen ohne weiteres einige Parzellen gutes Land für ein einziges Röhrchen Gift geben würden.

- Wir haben auch so schon genug Land. Wer bearbeitet es denn? Niemand. Wir brauchten zwanzig Sklaven und genauso viele

Tiere, um es zu nutzen. Wir sind keine Bauern, sondern Herren, fuhr der Älteste dazwischen.
- In den *Souks* trifft man unauffällig berufsmäßige Mörder, die mit Gift arbeiten. Sie zahlen für diese Kleinigkeiten enorme Summen, bemerkte der dritte Bruder. Wir könnten einfach behalten, was wir selber brauchen, und den Überschuss weggeben.
- Das ist eine gute Lösung, meinte der Älteste.
- Ich behalte gar nichts, warf der Schänder ein. Ihr wisst, wie ich vorgehe. Meiner Meinung nach ist nichts so wirkungsvoll wie eine gut platzierte Kugel oder ein Dolchstoß mitten ins Herz.
- Wir schätzen deine Methoden, pflichteten die anderen bei.
- Also überlasse ich euch meinen Teil wie immer?
- Zwanzig Silberstücke, schlug der Älteste vor.
- Nein, das ist zu wenig. Da sind zehn Röhrchen, die mir zustehen. Sagt lieber fünfzig Silberstücke.
- Das ist viel zu teuer, erklärte der Älteste. Man würde sogar beim besten Vergifter nicht so viel bekommen.
- Dafür kann ich doch nichts. Das ist seltene und gefährliche Ware... und die Preise sind gestiegen. Im Augenblick gibt es eine starke Nachfrage. Man könnte meinen, jeder will jeden vergiften.
Sie lachten.
- Wenn ihr mir nicht fünfzig Silberstücke gebt, würde ich lieber diese Röhrchen gegen Landparzellen eintauschen.
- Wer von uns dreien hat denn im Augenblick so viel Geld? beklagte sich der Älteste. Du weißt genau, dass unsere Geschäfte nicht gut laufen. Seit einiger Zeit haben wir keinen Reisenden ausgeraubt. Alle, die aus dem Norden zurückkommen, haben

zwar viel Geld bei sich, aber sie reisen nur in Gruppen und sind bis an die Zähne bewaffnet. Sie lassen noch nicht einmal einen Unbekannten in ihre Nähe kommen. Sie haben schnell den Finger am Abzug, das ist nicht mehr wie früher.

- Die wenigen Überfälle auf Karawanen in den letzten Tagen haben nicht viel eingebracht, ergänzte der dritte Bruder. Einige Ballen Stoff, Gewürze, ein oder zwei Teppiche, kurz, Kleinkram, den uns kein Händler abnehmen wollte.

- Ich kann euch das Geld ja stunden, sagte der Schänder. Unter der Bedingung, dass ihr mir jetzt gleich das gebt, was ihr habt. Den Rest verlange ich erst, wenn ihr wieder flüssig seid.

- Aber du bist reicher als wir beide zusammen. Was willst du denn mit dem ganzen Geld machen? fragte der Älteste.

- Ich würde gern eine Reise in den Norden machen. Da gibt es neue Gewehre zu kaufen, die man nicht bei jedem Schuss nachladen muss. Eins oder zwei würde ich gern besitzen. Deswegen brauche ich viel Geld.

- Wer hat dir von einem solchen Gewehr erzählt? fragte der dritte Bruder.

- Ich habe eins bei Agoun'chich gesehen. Ich habe es sogar ausprobiert. Einer seiner Cousins aus Tanger hat es ihm geschenkt. Es ist eine schöne englische Waffe. Ich nehme an, sein Verwandter trägt so sein Teil zur Verteidigung der Familienehre bei.

- Agoun'chich, sagte der Älteste. Das ist ein Mann von unserem Schlag. Schade, dass er seine besten Jahre seinen ewigen Racheaktionen widmet. Er verschwendet seine Kraft und Intelligenz, statt sich an anderen zu bereichern.

- Ein ruhiger Mann, fügte der Schänder hinzu. Er hätte niemanden umgebracht, wenn man ihn in Ruhe gelassen hätte. Er hat denen, die seine Schwester getötet haben, niemals verziehen. Er liebte sie sehr. Deshalb hat er beschlossen, alle männlichen Wesen in dem Dorf, aus dem die Mörder stammen, auszumerzen; auch die, die mit dem Clan nichts zu tun haben.
- So hat er schon mehr als ein Dutzend umgebracht, bemerkte der Älteste.
- Ja. Ich habe ihn vor ganz kurzer Zeit gesehen. Er gibt nicht auf. Man hat ihm üppige Geschenke angeboten, und sogar ein schönes junges Mädchen, um ihn zu besänftigen. Ich habe bei dem Kuhhandel den Vermittler gespielt. Aber er wollte nichts davon wissen. Er ist sehr empfindlich, wenn es um seine Ehre geht. Er muss bis zum bitteren Ende gehen, ob er seine Feinde tötet oder selbst getötet wird. Das ist verrückt, aber wenn es in diesem Tal einen Mann gibt, den ich schätze, dann ist es bestimmt er.
- Aber wie gelingt es ihm zu überleben? fragte der Älteste. Soviel ich weiß, ist er nicht reich.
- Nein. Er beraubt nur seine Feinde. Und das ohne Heuchelei. Ich habe nicht gehört, dass er es je auf unschuldige Reisende abgesehen hätte. Im Übrigen lebt er sehr sparsam. Durch die Jagd auf Mufflons deckt er bei weitem seinen Fleischbedarf ab. Um sich sonstigen Kleinkram und die notwendige Munition zu verschaffen, hat er genügend Geld.
- Lässt er sich nicht für seine Morde bezahlen? fragte der Älteste.
- Niemals! Wer ihn um einen solchen Dienst bitten würde, müsste verrückt sein und er wäre ein toter Mann; oder ich sollte mich

sehr irren. Das ist kein Auftragsmörder, das ist ein frommer Mann, der das Gesetz genau achtet. Er greift nur die an, die ihm schaden.

In dem Augenblick war im Tal ein Schuss zu hören, einige hundert Meter entfernt. Sofort sprangen die drei Brüder gleichzeitig auf. Noch zwei weitere Schüsse folgten.
- Ich gehe von oben nachsehen, was los ist, sagte der Schänder. Bleibt sitzen, hier ist nichts zu befürchten. Aber macht euch auf alles Mögliche gefasst.

Er ging ins Haus und stieg flink zu einer Art Speicher hinauf. Von einem Holzhaken hinten an der Wand nahm er ein Fernrohr und stellte sich an eine Schießscharte. Nachdem er es richtig eingestellt hatte, suchte er damit ein großes Gebiet ab, aber er konnte nicht ausmachen, von wo die Schüsse gekommen waren. Er gab nicht auf. Einen Augenblick später fiel ein vierter, dann ein fünfter Schuss. Dann sah er alles: um Agoun'chichs Haus herum hatten sich sechs Männer hinter Felsen postiert. Einer von ihnen hielt sich mit schmerzverzerrtem Gesicht das Bein. Die anderen luden ruhig ihre Gewehre nach.
- Vielleicht verfehlen sie ihn diesmal nicht, sagte sich der Schänder. Er sitzt wie eine Maus in der Falle. Wahrscheinlich sind sie ihm lange gefolgt, um sicher zu sein, dass er nach Hause ritt... Zum Teufel, wir müssen ihm doch zeigen, dass wir ihm helfen wollen!

Jetzt, wo er die ganze Szene sah, konnte der Schänder besser handeln als Lahcène Agoun'chich es könnte. Er ging wieder in den Garten hinunter, um seinen Brüdern zu berichten.

- Kommt mit mir hinauf. Unter diesen Umständen sind drei Gewehre mehr wert als eins. Agoun'chich sitzt ernsthaft in der Klemme. Wenn wir ihm nicht da heraushelfen, werden sie die Nacht abwarten und ihn dann fangen wie ein Kaninchen in seinem Bau.

Sie gingen zusammen auf den Speicher. Jeder lud seine Waffe und stellte sich an eine Schießscharte.

- Vielleicht ist das ein bisschen weit für einen gezielten Schuss, meinte der Älteste. Das sind dann verschwendete Kugeln.

- Probieren wir es trotzdem, sagte der Schänder.

Sie schossen. Auf der anderen Seite fielen zwei Männer wie Mehlsäcke um. Es blieben jetzt noch drei übrig, die man sehr schnell erledigen musste. Sie wussten nicht, was vor sich ging, und kamen in ihrer Aufregung aus der Deckung. Eine Kugel, die Agoun'chich abgeschossen hatte, traf ins Schwarze, und einer von ihnen wand sich am Boden. Die beiden anderen zogen sich hastig zurück, bevor die drei Brüder nachladen konnten.

- Mit Agoun'chichs Gewehr hätte ich sie erwischt! Aber jetzt ist es erst einmal vorbei, sagte der Schänder. Die zwei Überlebenden haben sich aus dem Staub gemacht. Sie mussten ihre Pferde am Ortseingang unter einem Arganienbaum stehen lassen. Glaubt mir, sie werden nicht so schnell wieder auftauchen. Sie werden eine Abordnung von alten Männern schicken, um an ihre Toten zu kommen. Agoun'chich wird uns das hoch anrechnen. Ich für meinen Teil hätte gern, dass er mich in den Norden begleitet. Ich weiß nicht, ob er einverstanden sein wird.

Nach diesem tragischen Ereignis versank das Tal wieder in eine Ruhe wie auf dem Mond. Nur noch die Schreie der Tiere unterbrachen die eintönige Stille.

Lahcène Agoun'chich und der Schänder waren zu Fuß unterwegs. Sie schlüpften zwischen den Felsvorsprüngen hindurch und gingen nur auf gewundenen Wegen, wo kein Tier außer Fuchs und Schakal hinkam. Abwechselnd trugen sie einen großen Sack mit etwas Nahrung, vor allem aber Waffen. Bevor sie das Tal der Ammeln verließen, machten sie bei Sidi Hmad ou Moussa halt. Dort opferten sie zwei Ochsen mit hellem Fell und legten sich bei dem Grab des Heiligen im Inneren des Heiligtums hin. Von überall kamen Neugierige, Männer wie Frauen, liefen auf dem harten, festgestampftem Boden herum und nahmen ein Stück Fleisch mit... denn Lahcène Agoun'chich und der Schänder hatten festgelegt, dass die geopferten Tiere in kleinen Portionen von höchstens einem Kilo an alle die gleichmäßig verteilt werden sollten, die kommen würden, um für sie zu beten. Sie lagen also nahe bei dem Grab des Heiligen und träumten. Übrigens waren sie auch ein bisschen deswegen hierher gekommen. Sie wollten Genaueres über ihr Schicksal erfahren. Sie waren nicht etwa abergläubisch wie Missgeburten oder verlassene Frauen! Sie mussten nach Norden ziehen; das war ein ungleich gefährlicheres Abenteuer als ein gelegentlicher Schuss oder ein geplanter Mord mitten im Gebirge, wohin der Arm des Gesetzes nicht reichte. Sie beide bildeten zusammen eine furchterregende Armee, aber der Schutz des Heiligen schien ihnen doch unbedingt nötig, obwohl gestandene Mörder sie so sehr fürchteten, dass sie flohen, sobald es darum ging, sich dem Kampf zu stellen. Die von den Hyänen mit kräftigen Kiefern zermalmten Knochen, die den Eingang der dunklen Höhlen säumten, waren ein beredter Beweis für ihre Rachsucht: unheilvolle Schriftzeichen von der erbarmungslosen Hand dieser beiden Teufel... die sich umso tiefer im Gedächtnis der Menschen festsetzten, als sie rundum Bilder des Todes heraufbeschworen.

Agoun'chich schlief nicht. Er liebte den Heiligen, aber er misstraute der Menge, die draußen unter den Oliven-, Granatapfel- und Mandelbäumen betete. Diese Menge, dic hcrbcigclaufcn war, weil sie beide da waren. Diese Menge, die vor ihnen geflüchtet wäre, wenn sie nicht beschlossen hätten, diese wichtige Reise zu unternehmen.

Auch der Schänder schlief nicht.

Sie lagen angezogen zusammen auf einer Matte, doch spürten sie nicht, wie uneben der Boden war. In zwei Wandnischen brannten Öllampen, deren tänzelnde Flammen sich wanden, größer und dann wieder kleiner wurden, sich wie eine Spirale drehten, unendlich anwuchsen und an den gekalkten Wänden und der Decke aus Palmenholz flüchtige geometrische Muster bildeten. Ein dicker brauner Gecko lag am Rand der Nische auf der Lauer nach möglichen Insekten. Seine Schuppen und seine Augen glänzten, aber weder Agoun'chich noch der Schänder achteten darauf. Er war ihnen so ähnlich, dass sie es nicht einmal bemerkten. Diese kleine Echse war verhasst und wurde überall getötet, aber hier konnte niemand sie töten oder ihr auch nur den Schwanz abschlagen, ohne den Zornesblitz des Heiligen auf sich zu ziehen. In allen Häusern versteckten Frauen und Kinder automatisch die Lederschläuche für das Wasser und behaupteten, der Gecko beschädige sie. Sie wussten nicht, dass er sich nur von Insekten ernähren kann, die er mit seiner klebrigen feinen Zunge fing.

Agoun'chich und der Schänder schliefen nicht, doch ihre Augen waren geschlossen. Von Zeit zu Zeit öffneten sie im Halbdunkel ein Auge, um es sofort wieder zu schließen. Seit genau zwei Tagen hatten sie nichts gegessen. Sie hatten Hunger, aber es war keine Eile. Wenn sie erst einmal aus dem Tal heraus waren, würden sie schon zurechtkommen, wie gewöhnlich... indem sie Hasen erlegten, ohne eine einzige Patrone zu verschwenden, oder indem sie sich unterwegs die Dorfbewohner gefügig machten. Sie hatten eine ganze Menge Silber bei sich. Und sogar Goldstücke, was in dieser Gegend eher selten war.

- Das brauchen wir später, in unbekannten Städten, hatten sie gesagt. Unnötig, sie hier im Gebirge auszugeben. Wir werden es wie üblich handhaben.

Von außen kamen undefinierbare Geräusche: eine Art Knallen, Rascheln, laute Schritte von Männern, die auf Kieselsteinen im Kreis liefen... Frauen, die mit Lebensmitteln beladen eilig weggingen. Sie hörten diese vielen Geräusche und waren auf der Hut. Und sie wollten von etwas Erfreulichem träumen, bevor sie sich aus dem Staub machten.

Allerdings wussten sie, dass der Schlaf nicht kommen würde, denn sie konnten nur in der Wüste schlafen, ganz hinten in einer Höhle, in der es spukte.

- Und wenn wir dahin gehen? sagte Agoun'chich.

- Hier träumen wir weder einen guten noch einen schlechten Traum, antwortete der Schänder.

- Lass uns sofort abhauen, befahl Agoun'chich.

Sie standen auf und krochen unter dem Blätterwerk der Bäume aus dem Heiligtum. Sie wussten, dass ein Stück weiter zwei kräftige Maultiere auf sie warteten. Nicht einen einzigen Augenblick konnte man sie bemerken. Wie Kobras schlängelten sie sich über den rauen Boden; schließlich erreichten sie den Rand des Dorfes am Ufer eines Sturzbaches, wo ein alter Mann zwischen Tamariskenbüschen auf einem Haufen Steine hockte und ihnen auflauerte.

- Haut ab, sagte er, sobald er sie bemerkt hatte. Lasst diese Gegend in Frieden!

- Wir gehen ja weg, brummte der Schänder.

- Wir gehen ja schon, pflichtete Agoun'chich bei. Aber wir kommen in ein oder zwei Jahren wieder.

- Haut sofort ab, wiederholte der Alte.

- Wo sind die Maultiere? fragte der Schänder.
- Kommt mit mir, sagte der alte Mann. Er stand auf und führte sie ein Stück weit weg.

Zwei herrliche Maultiere für Agoun'chich und den Schänder waren an den Ästen eines Olivenbaums angebunden.
- Und die Gewehre? fragte der Schänder.
- Hier sind sie, antwortete der Alte.

Sofort rollte er eine Decke aus Ziegenfell aus, die er unter einem Haufen trockenen Holzes hervorgeholt hatte, und überreichte ihnen zwei Gewehre mit fünf Schuss sowie mehrere Pakete Patronen.
- Damit werdet ihr Eindruck machen, sagte er.

Der Schänder hatte noch nie eine Waffe dieser Qualität besessen und hüpfte vor Freude. Lahcène Agoun'chich kniff ihn in den Arm, um ihn zu beruhigen.
- Das ist doch nur ein Gewehr. Aber es ist besser als diese einfachen Gewehre, die jeder hat. Und du kannst ja schon mit einem Revolver umgehen.

Der Alte jubelte innerlich. Er hatte schon andere Sachen gesehen. Er hatte immer selbst seine Waffen und sein Pulver hergestellt. Deswegen amüsierte er sich über das kindische Verhalten des Schänders.
- Einer der tollsten Mörder, die ich je gesehen habe, dachte er, aber er ist naiv, sogar so naiv, dass er ein altes Monster wie mich erschreckt.
- Jetzt haut ab! sagte er. Und lasst euch lange Zeit nicht wieder blicken.

Dann ging er weg.
- Hast du gesehen, dass er keine Sandalen trug?
- Seine Fußsohlen haben eine Hornhaut, so hart wie die Hufe des besten Maultiers, erklärte Agoun'chich.

Als Lahcène Agoun'chich und der Schänder sich weit genug vom Heiligtum entfernt hatten, wollten sie sich sofort stärken. Also stiegen sie ab und banden ihre Tiere am Stamm eines kleinen Baums fest. Dann nahmen sie ihnen die Zügel ab, damit sie das Gras am Wegrand fressen konnten. Danach errichteten sie zwischen zwei dicken Bäumen einen stabilen und so gut wie unsichtbaren Unterschlupf. Damit er nicht auffiel, legten sie Zweige darauf; sodass jeder, der vorbeikam, nichts als einen großen Haufen Blätter sah. Das Innere der primitiven Hütte legten sie mit rauen Wolldecken aus. Sie hatten eine gefährliche Stelle gewählt, wo es von Schlangen, Taranteln und wilden Tieren wimmelte. Eine dieser verfluchten Gegenden, auf die man nach Möglichkeit nicht einmal mit dem Finger zeigte, und wo niemand hinkam außer den Verrückten aus den umliegenden Dörfern. Das waren zerlumpte junge Mädchen, von Dämonen besessen, die manchmal ihre Fesseln zerbrachen und verstört und orientierungslos davongingen, um in den dornigen Wäldern und der felsigen Wüste zu leben. Agoun'chich und der Schänder wussten das alles. Die Unsicherheit der anderen bedeutete für sie das höchste Maß an Sicherheit. Sie wussten auch genau, dass ihre

gemeinsamen Feinde mehr als alles diese Winkel fürchteten, denn die Nacht hielt dort ein tödliches Schicksal bereit.
- Wir sind hier zu Hause, sagte der Schänder.
- Und wie! Dieser Ort ist so friedlich wie ein Grab.

Sie hatten ihre Sachen in dem Unterschlupf abgelegt. Nur die Maultiere waren draußen; sie waren zwar nicht ganz frei, aber sie konnten ein wenig herumlaufen oder sich hinlegen, wenn sie wollten, denn ihre Leine war lang genug, um alle möglichen Bewegungen zuzulassen. Da die Tiere vor Verlassen des Dorfes getrunken hatten, würden sie vor dem nächsten Tag kein Wasser brauchen. Allerdings hatten Agoun'chich und der Schänder Hunger; der zwickte sie so sehr, dass sie spürten, wie sich ihnen der Magen zusammenzog... seit zwei Tagen hatten sie keinen Bissen gegessen. Gemeinsam beschlossen sie, jetzt gleich etwas Wild zu jagen.
- Du gehst da runter, sagte Agoun'chich zu dem Schänder und zeigte ihm mehrere felsige Stellen zwischen zarten Sträuchern und kleinen Sandflächen. Du findest da bestimmt irgendeine Spur. Erlege zwei Hasen, ich glaube, das genügt für uns. Nimm dein Gewehr und deinen Dolch mit. Wir sind weit genug von allem entfernt, du kannst auch schießen. Aber gib gut Acht! Der Mond ist hier zu hell... die Tiere laufen weg, bevor du sie überhaupt sehen kannst.
- Keine Angst. Ich werde Hasen erlegen. Es wimmelt hier davon. Klettre inzwischen auf einen dieser Bäume und drehe ein paar Tauben den Hals um. Ich mag wahnsinnig gern gebratene Tauben.

- Wir haben Brot für eine Woche; der Alte hat es gebracht.
- Ah! Gerstenbrot? fragte der Schänder.
- Gerstenbrot. Das hält sich sehr gut, antwortete Agoun'chich.
- Ich gehe auf die Jagd, sagte der Schänder.

Er robbte lautlos aus dem Unterschlupf und folgte einem Pfad, der zum Bach führte. Der Mond schien so hell, dass man sogar zwischen den Bäumen sah: eine diffuse und schillernde Klarheit umhüllte die Dinge. Daher ging der Schänder unglaublich vorsichtig weiter und setzte seine Füße nur auf die nackte Erde, um jedes Knacken eines Ästchens oder eines trockenen Zweiges zu vermeiden. Genau in dem Augenblick, als er an eine Lichtung gelangte, nahe bei dem Bach, hörte er ein ganz leichtes Rascheln und sofort danach ein helles Schluchzen. Er blieb wie versteinert stehen und spitzte die Ohren. In der rechten Hand hielt er fest die geladene Stutzflinte. Aus einem dichten Dornen- und Ginstergebüsch drangen mehrere ungewöhnliche Geräusche zu ihm. Er lenkte seine ganze Aufmerksamkeit in diese Richtung und sah... und sah eine menschliche Gestalt, halb aufgerichtet, die sorgfältig einen Oberschenkelknochen abnagte; zumindest glaubte er das in dem Halbdunkel zu erkennen, das vom Mondlicht nur leicht gestreift wurde. Dann begriff er, dass es sich um ein mit Eisenketten gefesseltes wahnsinniges junges Mädchen handelte... Und statt zu ihr zu gehen und sie zu befreien, spuckte er laut auf den Boden und ging durch das unwegsame, dornige Gelände weiter, mit vorgestreckter Waffe, den Finger am Abzug. Als die junge Wahnsinnige ihn vorbeigehen sah, schrie sie aus

Leibeskräften und versuchte aufzustehen, indem sie ihre Ketten schüttelte. Man hörte, wie Metall aneinander schlug, dann trat wieder Stille ein.

Das Herz des Schänders war so hart geworden, dass es ihm niemals in den Sinn gekommen wäre, das junge Mädchen zu befreien; es war aus seinem Dorf verjagt worden, weil es entweder paranoid oder schizophren war oder vielleicht als Pubertierende eine Krise durchmachte und gegen die Sitten verstieß. All das war für den Schänder nur eine schreckliche Lüge: eine allgemeine Krankheit, bei der der Stärkste seine Haut rettete und an der nur die Schwachen litten. In einer anderen Zeit hätte er diese Wahnsinnige ganz einfach umgebracht; doch jetzt unternahm er nichts. Ob eine solche Kreatur weiterlebte oder nicht, das kümmerte ihn nicht, solange sie sich ihm nicht in den Weg stellte. Er, der Frauen Gewalt angetan hatte, um sich an ihnen zu vergehen, er könnte diese Wahnsinnige mit einem Fingerschnips vernichten, zusammen mit allen Dämonen, von denen sie besessen war. Aber diese plötzliche Erscheinung in der Nacht beunruhigte ihn wie ein schlechtes Vorzeichen. Er glaubte an überhaupt nichts, aber was er nicht ertrug waren die Wahnsinnigen und alle Wehrlosen und die, die alles mit sich machen ließen. Für sein beschränktes Hirn war der Wahnsinn so etwas wie eine unverzeihliche Feigheit. Dass ein menschliches Wesen so tief fallen konnte, regte ihn auf und ließ ihm das Blut zu Kopf steigen. Ich hätte sie erschießen sollen, dachte er. Er hätte es kaltblütig getan, aber jetzt war er unterwegs und tat alles, um mit einem kräftigen

Strich alles aus seinem Gedächtnis zu streichen, was mit seinem Tal zu tun hatte. Wenn ich sie nicht töte, werden die Hyänen über sie herfallen. Aber nein! Sie nagt doch an einem Knochen... Ich glaube, die wilden Tiere beschützen sie...

Unterwegs stieß er auf ein zerfetztes Aas. Zwei Schakale flohen, als er näher kam. Instinktiv schoss er und erlegte einen, der sich mehrfach zu einer Kugel zusammenrollte, bevor er sich mit erhobenen Pfoten hinstreckte. Eine Kugel zuviel, sagte er sich. Ich muss Munition sparen! Und er brach in Lachen aus. Dann: Ich habe Hunger, schrecklichen Hunger, nicht nur auf Fleisch und Brot... Deswegen schieße ich auf alles, was ein Feind sein könnte, wie dieser Schakal zum Beispiel, der das Tal von den Massen von umherliegenden Kadavern reinigt... Aber der Schakal ist doch ein Feind, nicht wahr? Diese Brut verschlingt alle meine Hühner...

An einer Wegbiegung, zwischen Grasbüscheln und Flintblöcken, sah er mehrere Hasen. Endlich! Wir können dann essen... Er nahm zwei ins Visier und schoss sofort auf sie. Der Widerhall der Gewehrschüsse ließ die Luft erzittern. Man hörte, wie etwas floh, und das Geheul der Wahnsinnigen... Der Schänder ging ohne Eile das Wild einsammeln.

- Ich habe wie üblich gut gezielt, sagte er laut.

Der Schänder träumte. Er sah sich tief unten in einem Brunnen auf einer Schieferplatte... lang ausgestreckt und so buntscheckig wie ein Salamander. Statt eines menschlichen Körpers hatte er nur noch eine Art Panzer, aus dem eine dicke Flüssigkeit rann, die zuerst grün, dann rot, schwarzbraun, blau und gelb aussah. Sein ganzes Wesen wurde von einer lebhaften kalten Flamme erfasst... und um ihn herum wimmelte es von Leichen; Erdolchte, die laut und metallisch lachten; andere, die hinfielen, aber sofort wieder aufstanden, wie um ihn zu verfluchen; er selbst lag da und ertrug sie, ohne dass er sich retten oder auch nur die Augen schließen konnte. Als er sich kratzen wollte, drehte er sich schwerfällig um und verletzte sich. Da begann er zu stöhnen... aber kein einziger Laut kam aus seinem Mund.

Er sah überall Feinde, schwache Schatten, die sich deutlich von den rauen Brunnenwänden abhoben. Er glaubte, er müsse jetzt alles wieder herausrücken, Rechenschaft ablegen und sich das vergossene Blut abwaschen. Ich muss doch tot sein, stimmt's? Und schon lange in der Hölle. Wieso hätte ich sonst meinen früheren Körper nicht mehr? Und wo sind meine Arme und Beine?

Er lag wie mit dieser Felsplatte verschweißt. Er schien seit Anbeginn der Welt mit ihr verbunden, so dass es ihm unmöglich war, woanders zu sein als hier, wo er an diesen Felsen gekettet war und ein Martyrium erlitt... Aber er lachte innerlich,

wenn er sich manchmal an bestimmte Tote erinnerte, die ihn nun in der Dunkelheit verhöhnten... Jetzt verband sich seine alte Haut mit der Luft, blähte sich leicht auf und hüpfte über die Dornenbüsche in den Bergen und die verschachtelten, von der Sonne versengten Häuser bis weit weg vom Unglück der Menschen, die er tötete... er war keineswegs allein, obwohl er immer noch in diesem rauen Panzer gefangen war... ohne Arme und Beine.
Ich werde das schon hinkriegen, dachte er, das ist sicher...

Plötzlich bemerkte er einen Körper, so dick wie der eines verwesenden Esels.

Das ist ja mein Bruder! Mein Gott, er ist es. Dieser Körper war keine Leiche, nein, sondern ein lebendiger Körper. Allerdings wimmelte er von Würmern: Tausende von Maden fraßen sich durch seine rechte Hüfte; ihre glänzenden Körper ringelten sich, fielen herunter und krochen wieder hoch, ohne jemals ganz von dem Fleisch abzulassen, das sie gierig auffraßen. Bei diesem Anblick drehte sich der Schänder sofort um und wollte sich vom Boden lösen... aber er verletzte sich nur an den rauen Wänden des Brunnens. Aus seinem Panzer trat nichts mehr aus, nicht einmal ein Tropfen Lymphflüssigkeit. Doch ganz tief in seinem Innern loderten konzentrische Feuerkreise; je breiter sie wurden, desto mehr zerstörten sie die Seelenruhe, die der Schänder sich auch unter Lebensgefahr immer bewahrt hatte. Und für die er gemordet und gelogen hatte...
- Was macht dieser Idiot hier! Nein! Ich werde nie allein sein. Woanders, wie hier, sind es immer dieselben, die zusammenkommen... Aber wo ist denn Agoun'chich?

- Ich bin hier, antwortete Agoun'chich. Stehst du endlich auf? Es wird Zeit, dass wir aufbrechen.
- Jaja, hier bin ich ja.
- Endlich! Du hast zu unruhig geschlafen. Hast du geträumt?
- Ich habe Schatten gesehen. Sie waren überall. Ich konnte mich noch nicht einmal mehr bewegen... und ich hatte keine Arme und Beine... Aber ich habe den Heiligen gesehen. Er war unter den Leichen. Er hat mir gesagt, ich soll nicht das Land und nicht unsere Toten vergessen.
- Du hast den Schatten des Todes gesehen, sagte Agoun'chich. Nicht etwa den Heiligen. Den nicht, das kann ich dir sagen.
- Doch, ich habe den Heiligen gesehen, beharrte der Schänder.
- Du hast viele Schatten gesehen. Die der Toten... Das Töten macht nichts, solange es nicht die Ordnung des Universums stört.

Was wichtig ist, wichtiger als alles andere, auch als dein und mein Leben, ist hier oder dort, von Zeit zu Zeit, mit sich selbst und den anderen in Einklang zu kommen... Diese Art flüchtiger Harmonie, die dich zum Leben oder zum Untergang verdammt. Ich bin nie aus meinem Haus geflohen, noch habe ich meine Liebe zur Erde und den Lebewesen abgetötet. Doch ich gehe, laufe, renne und suche ohne Unterlass etwas, das in mir den Wunsch zu leben weckt. O ja! Die Zukunft ist nicht so einfach; sie hat nichts zu tun mit Ort, Zeit und Raum. Es ist eine Frage des Willens. Entweder setzt du dich durch oder du wirst zertreten. Und du sprichst mir immer noch von den Toten. Auch

ich habe getötet. Wahrscheinlich öfter als du. Aber das lässt mich kalt. Ich oder sie, das ist alles.
Er sah lange in den Himmel, dann schüttelte er den Schänder.
- Diese Reise ist keine Flucht. Wir werden neue Dinge entdecken. Und wir werden vielleicht reich dabei, du wirst sehen.
Sie waren dauernd auf der Hut. Ihre kalten Augen wurden zu Blitzen. Wie alle Mörder warfen sie sich selbst nie etwas vor.
- Ich habe den Heiligen gesehen, sagte der Schänder noch einmal. Er hat mir gesagt, ich soll nicht abhauen, sondern hier bleiben. Er hat gesagt: „Der Norden bedeutet den Tod." Was sollen wir machen?
- Ich habe ihn auch gesehen, aber zu mir hat er nichts gesagt.
- Er hat gesagt: „Du musst dein Gebirge lieben; du bist dein Gebirge, ein Körnchen von deinem Gebirge". Sag mal! Was sollen wir denn jetzt anstellen?

Die Maultiere begannen unruhig zu werden und an ihren Stricken zu zerren.
- Lass uns die Gegend plündern, schlug der Schänder vor. Und dann wieder nach Hause zurückkehren.
- Mach das allein, antwortete Agoun'chich.
- Der Heilige hat auch noch gesagt: „Bleibe hier! Iss, trink und pflanze dich fort!" Was hältst du davon?

Die Tiere wurden immer unruhiger. Sie machten einen fürchterlichen Lärm.
- Es gibt hier in der Gegend Diebe, flüsterte der Schänder.
- Duck dich, sagte Agoun'chich.

Und er nahm die obersten Äste eines Baums genau über den Maultieren ins Visier. Er schoss zwei Mal. Man hörte zwei Mal etwas herunterfallen, so dass die Tiere erschraken.
- Geh und sieh nach, was das ist, befahl er dem Schänder.

Der rannte zu den Maultieren. Wieder war ein Schuss zu hören.
- Idiot! schrie Agoun'chich. Schieß doch nicht so!

Er hielt immer noch sein geladenes Gewehr gerade nach vorn gerichtet. Von unten brüllte der Schänder:
- Wildkatzen. Du hast eine getötet. Die andere muss irgendwo im Gebüsch sein.
- Auf was hast du geschossen?
- Auf einen Schatten, der wegrannte.
- Einen Schakal?
- Nein, einen Salamander. Der Schatten des Todes.
- Gleich wird es hell werden. Beeilen wir uns, wir haben heute eine lange Strecke zu reiten, sagte Agoun'chich.

- Was ist das? fragte der Schänder, auf den Morgenstern deutend.
- Das ist ein Planet, antwortete Agoun'chich. Und der einzige, so scheint es, der mit der Erde verwandt ist.
- Du spinnst, sagte der Schänder. Der Mond herrscht über uns... Er macht Hitze und Kälte.
- Nein! Die Sonne hält alles im Gleichgewicht, und sie selbst ist von einem Gasstrom aufgebläht.
- Was denn für ein Gas?

- Heliumlicht! Und Wasserstoff natürlich!
- Ich verstehe allmählich... ich begreife richtig, warum Pan den Himmel zerbrach, um einen Schluck Wasser zu bekommen, sagte der Schänder.
- Und ich weiß: ohne den ersten Funken gäbe es keine Weisheit im Schatten und kein Leben im grünen Laub des Baumes.
- Das stimmt nicht! Ich habe das so gelernt: „Alles explodierte, ich weiß weder wann das war, noch was aus der Urmasse entstand. Es gab keine Sonne und es gab keine Sterne. Vor Milliarden von Jahren tauchte der Himmel auf und vertrieb die Finsternis ringsum. So entstand alles Helle in der Nacht.

Das konnte nur ein Traum sein. Lahcène Agoun'chich, der ruhig neben dem Schänder ritt, fügte hinzu:
- Ich habe das gelernt, als ich noch klein war, das will nichts heißen. Vielleicht hatte ich mit den kleinen *Djinns* aus der Gegend zu tun, den unheimlichen Kindern der Erde, die wegen allem und jedem aus dem Boden und den Erdhügeln hervorkommen, um den Frauen, die trockenes Holz sammeln oder Arganienfrüchte auflesen, einen Schrecken einzujagen... Man hat damals sicher gewaltsam meinen Kopf mit seltsamen Bildern und so brutalen Worten voll gestopft, sodass jeder, der das hört oder sieht, Reißaus nimmt...
- Hast du also kein Haus mehr? fragte der Schänder.
- Nein, nicht mehr, antwortete Agoun'chich. Das Haus ist jetzt sicher verfallen. Mein Haus war ein Stern und ich war Hmad ou

Namir*, ein Genie... ich war aus der Materie der Sterne... mein Körper tränkte mit seinem Schweiß die Erde, denn ich arbeitete im himmlischen Exil... Aber einmal sah ich meine Mutter weinen, sich in Krämpfen winden, stöhnen und fast am Ende... Da warf ich von oben aus dem Himmel sieben scharfe Messer, die wenigstens das Lamm schlachten sollten, das sie jedes Jahr der Gottheit opferte... Keines dieser Messer ist zu ihr gelangt, das war traurig... Ich, der ich die Welt von oben sah, schämte mich und sagte mir, dass ich es nicht wert war zu leben... Aber mich hielten Mädchen zurück, die genauso schön waren wie die im fernen Magnetfeld der Erde vorbeiziehenden Kometen. Sie weinten wie meine liebe Mutter. Da oben gab es sieben Räume und sieben Mädchen... Zuletzt schwamm ich förmlich in ihren Tränen... Wegen meiner Mutter! Diese Mädchen wollten mich zurückhalten, meine Mutter verlangte nach mir... Sie wollte, dass ich bei ihr auf der Erde bin, mit viel Geld und Macht, verheiratet und sehr stark: als Mörder, als Bauer, als Vagabund... Ich sah also, wie sie sich auf dem felsigen Boden mit Dornengestrüpp wand und klagte: Ich sah, dass sie ein Messer verlangte, um am festgesetzten Tag ihr erbärmliches Opfer zu bringen... sie stand allein in ihrem zerstörten Haus und hielt ihr Tier fest... Da stürzte ich mich vom Himmel herunter, ich fiel und fiel... Als ich den Boden berührte, blieb von mir nur ein Haar übrig, das dem Wid-

* Legendäre Figur, die in der Vorstellungswelt der Souss-Masiren eine sehr wichtige Rolle spielt.

der... oder dem Lamm, ich weiß nicht mehr, die Kehle durchschnitt."

Ein Traum ist immer bitter. Was man da sieht, ist nie Wirklichkeit. Der, den man anspricht, geht schnell weg, das Erdreich taucht wieder auf, wo das Auge kaum sieht... und alles löst sich wie Rauch auf... nein, wie der Wattenebel der Berge in der Nacht...

Agoun'chich war hellwach, der Schänder hörte ihm zu. Draußen hatten sich die Maultiere hingelegt. Hin und wieder schlugen ihre Hufe gegen den Fels...

Es war mitten in der Nacht, aber es herrschte eine Glutĥitze. Man hörte noch nicht einmal das gewohnte Surren der Insekten. Nichts – außer dem Pfeifen der sonnendurchglühten Felsen.

Hinten in der Höhle lief ein wenig Wasser herunter... Es gab dort Stalaktiten, aber niemand traute sich nahe heran aus Angst, den Teufel zu wecken, den Herrn der Höhle... Lediglich Agoun'chich und der Schänder hatten sich da hineingetraut. Sie hatten sich umgesehen, wobei sie sich aneinander festhielten, um nicht auf den glitschigen Steinen auszurutschen; und sie hatten das heraussinternde Wasser von den Wänden geleckt.

- Was ist denn passiert, dass wir so hastig weggehen müssen? fragte der Schänder.

- Nichts, antwortete Agoun'chich Nichts. Sieh mal neben dich!

- Ich sehe alles, sagte der Schänder.

- Heb einen der Steine neben dir auf, schau ihn dir genau an und sag mir, was du dabei denkst.
- Das ist kein großer Stein, sagte der Schänder.
- Nein! Das war einmal der Kot einer Hyäne, ein versteinertes Exkrement, erklärte Agoun'chich..
- Ah! Ich sehe, was sie gefressen hat. Knochen und Fleisch. Sie hat damals sicher gejagt, diese Hyäne, stimmt's?
- Sie hauste mit ihrem Partner und ihren Jungen in dieser Höhle... wie wir jetzt.
- Wenn wir jetzt unseren Darm entleeren, meinst du, dass man das später einmal feststellen wird?
- Ich weiß nicht, sagte Agoun'chich.

Unvermittelt stand er auf, nahm sein geladenes Gewehr und trat aus der Höhle. Draußen war es stockdunkel, oben glühten die Sterne. Ein wahrer Sturzbach, sagte er zu sich selbst. Und dann:
- Wir haben alles gesehen, wir haben keinen Hunger mehr!
Neben ihm bewegten sich die Maultiere; weit weg das Geheul der Schakale... Vielleicht lag irgendwo im Gebirge ein Aas, ein toter Esel oder irgendein anderes Tier, das die Schakale aus der Welt schafften... Sie hörten nicht auf zu heulen. Agoun'chich könnte sie leicht erlegen, wenn sie sich zeigten... doch im Augenblick lagen Felsen dazwischen.
- Ich muss töten, sagte er zu sich selbst.

Ein Bild stürmte wild auf ihn ein wie ein Wespenschwarm; das Bild eines alten Friedhofs, den er ganz deutlich sah. Grasbüschel, zerfressene Steine, Gebüsch, und hier und da ein paar zarte und durchsichtige Wesen, die im Gehen aneinander stießen... Agoun'chich sah dies alles... Er hielt sein Gewehr ganz fest und der Schweiß brach ihm aus. Das war nicht das erste Mal, dass ihm das passierte, nein! Seine Ahnen hatten ihm vorausgesagt, die Toten würden ihn begleiten, wohin auch immer er gehen würde, und er könne ihnen unmöglich entfliehen.

- Wir brauchen Frauen, sagte er.

- Wir werden unterwegs welche finden, antwortete der Schänder.

In diesem undurchdringlichen Gebirge, auf allen diesen steilen und gewundenen Pfaden über dem Durcheinander von Felsen und Sturzbächen, an diesem Weltenanfang, dessen frühes Licht die Kargheit in Regenbogenfarben tauchte, bewegten sich Agoun'chich und der Schänder wie zwei Wanderameisen fort.

Nachdem sie ihr Gepäck eingesammelt und die Maulesel gesattelt hatten, ritten sie an dem gewundenen Wasserlauf entlang.

Auf ihrem Weg rührte sich nichts, nur das Morgenlicht beschrieb bunte Kreise. Die Sonne schlang um diese Landschaft ein Grabtuch voll elektrischer Energie in Blau und Hellrot, Violett und Goldgelb.

Ihre Schritte hinterließen in dieser unberührten Natur mörderische Initialen... Aber nichts trübte ihnen die Sicht außer dem Knistern des Wegdorns, dem gedämpften Tritt der Tiere und dem dumpfen Zirpen der Insekten. Der Schänder hatte die Maultiere mit einem Strick so aneinander gebunden, dass sie ungestört hintereinander laufen konnten. Und er führte sie, während Agoun'chich vorneweg lief und die Gegend inspizierte. Er sprang so sicher und flink wie ein Stelzvogel von Fels zu Fels, schaute nach oben und unten, ohne zur Waffe zu greifen.

Je mehr es Tag wurde, desto lauter wurde der Gesang der Heuschrecken und Zikaden, der wie die Stimme des heiligen Beschützers jener ewig Heimatlosen klingt. Aus dem schicksalhaften Felsen gluckerte das Wasser heraus und benetzte den feierlichen Marsch, der unwillkürlich an den Tanz umherirrender Geister erinnerte. Es war aber nur die Sonne, die ihre Strahlen auf Bilder von armseligen Menschen warf, welche im Anblick des Meeres ihr bewegtes Schicksal verfluchten.

Plötzlich erschien ein kleines Mädchen. Es lief zwischen den Felsen umher, setzte sich von Zeit zu Zeit direkt auf einen flachen Sandstein und kaute an einem kleinen Thymianzweig. Ein leichter Windhauch zerzauste sein langes schwarzes Haar... Es betrachtete mit einem Anflug von Feindseligkeit die mühsam voranschreitenden Männer... Als der Schänder es sah, ließ er die Maultiere stehen und sprang los. Er riss an dem Strick, an dem er die Tiere führte, sodass sie ausschlugen und fast abgestürzt wären. Er rannte blitzschnell los. Schon hüpfte die Kleine fast wie im Flug von Fels zu Fels, keck den Hintern in der Luft. Der Schänder sabberte, seine Augen quollen hervor, er schnaufte. Sie oder ich, dachte er. Auch er sprang von Fels zu Fels, aber schwerfälliger, wie ein Geier, der von einer Gruppe Schakale bei seinem Festschmaus gestört wird.

Die Kleine war flink... Der Schänder verfing sich in seinen Kleidern, seine schweren Waffen waren ihm hinderlich...

Man hörte plötzlich einen Schuss. Einen einzigen. Da erschien Agoun'chich auf einem Felsen, ungefähr fünfzehn Meter von der Kleinen entfernt.

- Geh zurück, wo du herkommst, du Hund!, sagte er zum Schänder.

- Hm? Was? Jaja, ich geh ja schon.

Die Kleine verschwand.

- Schämst du dich nicht, du Idiot! Das ist meine Tochter, brüllte Lahcène Agoun'chich.

In der Zeit, als Agoun'chich und der Schänder in den Norden ritten, wütete in der Gegend von Taroudant Haida Moys, einer der vielen Beamten, die von den Kolonialherren manipuliert, bewaffnet und trainiert wurden, um die Bergbewohner zu schwächen. Nur so entschlossene Leute wie Agoun'chich konnten mit ihnen fertig werden, aber da sie sich die ganze Zeit weit vom Kriegsgetümmel entfernt herumtrieben, hatte Haida Moys weiter Erfolg bis zu dem Tag, als ihn die Ait Ba'amrane, die er bekämpfen wollte, vernichtend schlugen. Seinen blutigen Kopf hängten sie an den Ast einer Arganie, die heute noch den Namen Haida Moys trägt. Wenn er gewusst hätte, dass dieser Verräter seine Heimat unterminierte, hätte Agoun'chich mit ihm abgerechnet. Er scherte sich nicht um die einen oder die anderen und um all den Besitz, aber er liebte von ganzem Herzen seine Heimat. Deswegen ließ er die Kugeln sprechen.

- Pass auf die Maultiere auf! schrie er.

Der Schänder zog am Strick. Sich selbst überlassen, waren die Tiere stehen geblieben. Sie versuchten vergeblich zu fressen, aber das Zaumzeug hinderte sie daran.

Agoun'chichs Töchterchen kam auf ihn zugelaufen. Es schaute ihn mit Inbrunst an, als stünde es plötzlich vor einer Gottheit.

- Mein Kind, sagte er... geh zu deiner Mutter, ich komme bald zurück.

Die Kleine widersetzte sich nicht, aber ihre Augen füllten sich mit Tränen.

Unten trieb der Schänder die Maultiere an und pfiff dabei ein makaberes Lied. Bäume und Steine knisterten unter der hoch am Himmel stehenden Sonne....

Alle Umherziehenden sagten:

- Haida Moys ist schlimmer als alle Wirbelstürme. Zieht er nicht überall Tausende von Männern zusammen? Am Ende wird er uns unterwerfen, denn er ist stark, verdammt stark.

Mit diesen Kindereien gab Agoun'chich sich nicht ab. Irgendwann taucht irgendwo ein Bastard auf, der sich als Herr aufspielt, sagte er sich. Und er kommt uns unweigerlich vor die Flinte. Oder auch: Leute wie die, was für ein dummes Geschwätz! Wenn die mir den Weg versperren, zertrete ich sie, ohne das überhaupt zu merken. Und schließlich kann ich ja mit Gift umgehen...

Agoun'chich dachte wirklich nur an das ferne Land, von dessen Reichtum man ihm erzählt hatte und von wo bruchstückhaft wie flüchtige Träume verlockende Bilder kamen. Das brachte sein Leben durcheinander und trieb ihn dem Unbekannten zu.

- Also, Töchterchen, bist du mir bis hierher gefolgt? Hast du keine Angst?

- Ich will nicht, dass du weggehst, sagte sie.

- Ich muss weg, sagte Agoun'chich ruhig.

Die Kleine trug einen Korb voll Thymian. Ihr Vater nahm einen kleinen Zweig und kaute darauf herum:

- Geh nach Hause, meine Tochter.

Die Kleine klammerte sich an ihm fest.

- Nein!

Dann stand Agoun'chich auf und trug sie den Hang hinunter. Sie war glücklich.

- Danke, Papa! Mama ist da hinter diesem Felsen. Sie will mit dir sprechen.

Agoun'chich konnte ein nervöses Zittern nicht unterdrücken, so aufgewühlt war er. Er setzte die Kleine in dem Augenblick ab, als seine Frau auftauchte, eine hochgewachsene Gestalt von so seltener Schönheit, dass Agoun'chich, der sie lange nicht gesehen hatte, die Geschichte von Hmad ou Namir in den Sinn kam. Als sie ihn anlächelte, sagte er nur:

- Nimm deine Tochter mit. Ich komme zurück.

Man hörte die Maultiere mit ihren Hufen auf die Steine schlagen. Und bisweilen den Schrei eines Raubvogels.
- Du vergisst uns, wenn du weggehst, sagte die Frau.
- Geht jetzt, wiederholte Agoun'chich, ich versichere euch, dass ich bald wiederkomme.
Sie trennten sich kurzerhand.

Nachdem seine Frau und seine kleine Tochter weggegangen waren, blieb Agoun'chich einen Augenblick unter dem glanzlosen Laub eines Baumes stehen. Aus seiner Satteltasche holte er eine Papierrolle und breitete sie sorgfältig aus, nicht um sich genau das Geschriebene anzusehen, sondern um den unvergesslichen Duft zu riechen; da sah er brennende Hexen und Finsternis, immer wieder unterbrochen von blutigen Streifen. Er spürte, dass sein Körper und sein Geist nur ein elementarer Hauch waren; doch sehr schnell fand er die Fassung wieder... Er sagte sich, es lohne letztendlich nicht die Mühen verteidigt zu werden, wenn man nicht bis zum Ziel seiner Hoffnungen ging... und ein siegreich beendeter Kampf sei nicht soviel wert wie eine schwere Niederlage, die zur Erneuerung führt. Und zum ersten Mal stellte er sich vor, er krieche wie eine Assel unter den feuchten und fauligen Wurzeln umher... und rolle sich bei der geringsten Erschütterung zu einer Kugel zusammen. Umgekehrt sah er sich unten in einem Loch von ein paar hasserfüllten Augen verfolgt, dann in einem monströsen, üppig ausgestatteten Raum, wo der

Schlauste die weniger Fähigen in Stücke teilte, wie ein Kind Regenwürmer zerstückeln würde.

Bevor die Unruhe aufkam, wodurch alles entstanden ist, lag schon etwas Rebellisches in der Luft, dachte er; ein unerbittlicher Kampf. Aus der alten Galaxie war dann ein Komet herausgeschleudert worden, aus dessen Schweif dieser Sternenzug entstand, den ich sehe; dann entstand die Gashülle, die Mutter der Sonne und der Planeten. Es folgte eine Erwärmung, die inmitten von Blitzen zu Stille und Schlamm wurde: Trillionen von Strahlen formten durch ihre dauernde Drehbewegung am Rand der Milchstraße die Erde. Doch geschah dies alles nur in einem Traum. Ich sah, wie der Weltraum sich krümmte, und machte schreckliche Anstrengungen, um fest darauf stehen zu bleiben; ich verlor alles, bis hin zum Gleichgewicht, genau wie wenn ein Erdbeben ausbricht und alle Tiere, die noch nicht geflohen sind, nach einer kurzen Besinnungslosigkeit vollkommen verwirrt sind. Mein Blut glänzte und wurde dunkel bis zur Gerinnung, so dass es einfache Bakterien und auch komplexere Tierchen anzog. Angeblich stammen wir von der Amöbe ab. Ich sage, dass ich ein Nachkomme des Urkerns bin, des wunderbaren Feuers, aus dem noch dieses gewisse Etwas herüberweht, das in der Luft und in der sichtbaren und der unsichtbaren Materie ist. Denen, deren Vorfahre die Amöbe ist, sage ich:
- Gut so! Zu mir selbst sage ich: „Feuer frei auf die Amöbe!“ Zu der Zeit seufzte der Himmel bereits. Aber wie ihn erkennen unter all den Himmeln, die mich hassen, wo ich doch jetzt jeden, der

mir die Stirn bietet, angreife und töte. Nein! Das war kein wirklicher und kein guter Himmel, nur ein gefährliches Durcheinander. Das hatte nichts zu tun mit den Visionen der großen Stammväter; das waren Affen, die es bisweilen verstanden, das blutrünstige Gesindel zu beherrschen und die riesigen Kohorten, die ihnen folgten, zu verdummen. Das hatte nichts zu tun mit den erbärmlichen alten Männchen, die Kriege führten und zugleich in ihren Salons von seidenem Luxus lagen, um zu vögeln, zu fressen und zu saufen bis zum Erbrechen. Nein, nichts weiter... nur um sich zurechtzufinden – ich muss immer bei der kleinsten Verfehlung gleich zur Waffe greifen. Bei den großen Stammvätern habe ich immer festgestellt, dass sie keinerlei Moral hatten: Sie waren gleich gut beim Vögeln, beim Stehlen und in der Rechtswissenschaft. Aber das Recht, das sie predigten, war gar keines; sie verteidigten nur ihren Besitz und vergrößerten damit ihren Raum auf Kosten aller Geschöpfe, obwohl sie sich in diesem Raum mit diesen Geschöpfen sich hätten fortentwickeln müssen. Das ist in etwa das, weswegen ich immer mit diesen Religionsgelehrten abgerechnet habe, die sprunghaft und doch unbeweglich waren wie früher die Einsiedler, nur viel weniger überzeugend. Die Einsiedler waren redegewandt, hatten ein Messer zwischen den Zähnen und einen Köcher mit spitzen Pfeilen... außerdem Herden, Brunnen und falsche Propheten. Man hatte sie tausend Mal verflucht, weil sie es nicht verstanden hatten, das galaktische Wasser der Großen Sintflut zu kanalisieren; dieses Wasser war nichts anderes als die ständig aus dem Gleichgewicht geratene Psyche der Menschen, die sie mit Waffen und Bildern beherrschten. Sie hatten nie eine Springmaus und erst recht keinen Wüstenfuchs gesehen; sie waren nur anderen Stämmen ausgesetzt, Artgenossen, die von ihnen unterdrückt wurden und sie daher umbrachten. Sie setzten die Frau herab, indem sie sagten, sie sei das größte Unglück – Stift oder Stilett. Sie wussten nicht, dass die Frau in ihnen selbst das Höchste bewahrte, das ihnen entging. Sie waren bis zur Lächerlichkeit schlecht... und so schlicht in ihrer Welt aus plumpen Steinen, dass sie handgreiflich wurden. Das ratterte, das schrie in meinem Kopf und in meinen Augen... aber ich werde nicht um mein Töchterchen weinen; eines Tages werde ich wiederkommen.

Agoun'chich stand plötzlich auf. Der Schänder hatte nicht gewagt, ihn bei seinen Phantastereien zu stören. Er war nur ein paar Mal hin- und hergegangen, den Finger am Abzug seiner Waffe. Schließlich sagte er:

- Du hattest die Augen offen, aber du schliefst.

- Gehen wir weg von hier, antwortete Agoun'chich.

Agoun'chich und der Schänder kamen dank ihrer Knarre und ihrer Schlauheit auf einem gewundenen schmalen Weg durch die Felsen schließlich bei einem zerstörten Gebäudekomplex an, der an einem schroffen Berg hing. Sie stiegen ab und banden die Tiere an einem Stechginster fest, denn an dieser Stelle gab es keine Bäume, sondern nur stacheliges Gestrüpp und kümmerliche Kakteen. Dann wandten sie sich mit energischem Schritt dem zu, was früher eine uneinnehmbare Festung gewesen und jetzt nur noch ein von Pflanzen überwuchertes Durcheinander aus Steinblöcken war. Sie bemerkten zuerst zwei junge Mädchen von seltener Schönheit, dann drei schwarz gekleidete alte Frauen, schließlich zwei Kinder, einen kleinen Jungen und ein kleines Mädchen, die ihnen zur Begrüßung zuwinkten... Doch sobald sie erschienen waren, verschwanden diese Gestalten schon wieder; sie lockten die beiden wie Medusen, was bei dem Schänder einen so starken orgastischen Krampf auslöste, dass er mehrmals fast das Gleichgewicht verloren hätte. Agoun'chich rieb sich die Augen. Er hatte noch nie etwas so Schönes gesehen. Ja, er hatte von den verwunschenen Orten gehört, die nie jemand aufsuchte, und er hatte sogar einmal eine Dämonin gesehen, die sich schnell in eine Kugel aus lila Flugasche verwandelt hatte; er hatte sie genau bei ihrer Morgentoilette am Rand eines Felsabbruchs überrascht, an dem ein schmales Rinnsal hinab lief; sie

hatte eine makellose rotbraune Haut, ein Gesicht wie ein Opal und langes, glänzendes Haar wie Pechkohle. Er hatte sich hinter einem Busch versteckt und sich in den Kopf gesetzt, die schöne Dämonin zu fangen.
Aber wie soll ich das anfangen? hatte er sich gefragt. Ich habe kein Netz und keinen Jutesack, ich habe nur mein Gewehr und meinen Dolch. Doch er wusste, dass in solchen Fällen die Waffen nichts ausrichteten; er hätte die Erscheinung entweder verführen oder sie in einem Augenblick der Schwäche überraschen müssen... Also wartete er, bis sie einschlief, um ihren Widerstand zu brechen. Er wartete lange, aber die Ungeduld seines Maultiers verriet seine Anwesenheit. Sobald das Tier auf den Boden gestampft hatte, drehte sich die schöne Dämonin um sich selbst und stieg als sprühende Feuerkugel in die Lüfte empor. An jenem Tag wies er sein Reittier heftig zurecht, was sonst so gut wie nie geschah.

- Du würdest dich besser ein bisschen zusammennehmen, sagte Agoun'chich zum Schänder.
- Wie soll ich das machen? antwortete der andere. Mir ist ganz komisch. Ob es daran liegt, dass mich dies hier unglaublich anzieht? Das ist schlimmer als ein Magnet, ich kann mich nicht zurückhalten. Kommt das daher, dass ich seit langem keine Frau mehr gesehen habe? Ich wusste, dass eine Reise dieser Art mich verstören würde, aber das hier ist stärker als ich; ich muss dir folgen, wohin du auch gehst.

In dem Augenblick kam das eine junge Mädchen auf sie zu. Sie ähnelte seltsam der Dämonin, die Agoun'chich früher einmal fasziniert hatte. Sie war schlank und hatte einen Körper wie eine Odaliske. Agoun'chich erinnerte sich wieder an das seltsame Erlebnis, machte aber keine Bewegung, um sie zum Sprechen aufzufordern. Seine Erfahrung von damals hatte ihn gelehrt, dass Überstürzung alles verderben kann. Er sagte sich, dass dieses junge Mädchen wohl kaum dieselbe Sprache wie er sprach... aber er sah, dass sie nicht ängstlich war. Sie kam auf die beiden zu, als ob sie sie schon immer gekannt hätte, und sie lächelte. Dieses Lächeln! Was für ein Lächeln! So konnte das nicht weitergehen. Er spürte sein Glied hart werden. Heiße Wellen liefen von Kopf bis Fuß durch ihn hindurch und er glaubte, er falle gleich in Ohnmacht. Mit großer Anstrengung gelang es ihm dann doch, sich zu beherrschen.

- Wir kennen euch sehr gut, sagte das junge Mädchen. Ihr seid Abenteurer. Ihr habt sehr viele Feinde, aber ihr bringt sie um, ohne dass euch jemals etwas geschieht. Sie haben Mitglieder eures Clans getötet, deswegen rächt ihr euch jetzt. Ihr kommt aus einem schönen Tal, wo alle sich um ein paar erbärmliche Hektar Land streiten, auf denen noch nicht einmal genug wächst, um eine Familie ein halbes Jahr lang zu ernähren. Es ist ein Tal, in dem der Hunger wütet, wo jeder seinen Nachbarn verdächtigt, wo wild gewordene Clans sich gegenseitig angreifen, wo jeder jedem misstraut. Ein früher reiches Tal, das heute nur Frieden will, um wieder so zu werden wie damals. Ihr seid Heimatlose, dauerhaft Verbannte. Wo ihr auch hingeht, ihr sät Zweifel und

Schrecken. Die Leute flüchten vor euch, weil ihr immer den Finger am Abzug habt und die linke Hand bereit ist, die gekrümmte Klinge zu ziehen. Aber wir lieben euch, weil ihr im Grunde Geächtete seid und euch niemals irgendwo niederlassen konntet. Deswegen bieten wir euch heute unsere Gastfreundschaft an. Für mehrere Tage, für einen Monat, wenn ihr wollt. Denn ihr werdet hier ringsum kein Dorf finden. Ihr müsstet lange suchen, um eines zu entdecken. Es gibt noch nicht einmal Wasser hier, keine Quelle, keine Zisterne. Ihr würdet verdursten, wenn ihr nicht bis zum nächsten Gewitter hier bleibt.

Agoun'chich war verblüfft über die Offenheit des jungen Mädchens. Er meinte, seine Reise gut vorbereitet zu haben, aber jetzt machte ein Haufen Schwierigkeiten ihn unsicher. Er kannte diese Gegend nicht. Er hatte geglaubt, sie sei bewohnt, hatte sich aber getäuscht. Das junge Mädchen war da, um ihm die Augen zu öffnen, dass er ein armer Teufel war. Gewiss, er war ein geschickter Schütze, aber wen sollte er erschießen, wenn es keinen einzigen Feind gab; und wen zwingen, euch ein Dach über dem Kopf und zu essen zu geben, wenn es überall nichts anderes gab als Felsen und Gestrüpp, Schlangen und wilde Tiere? Ein anderes Problem: Wasser. Sie konnten ohne Wasser nicht überleben. Die Maultiere würden schnell sterben, wenn sie nach einem heißen Tag nichts zu saufen bekämen. Der Schänder, der schon zu delirieren anfing wie jedes Mal, wenn er nicht die gewohnten Annehmlichkeiten hatte, würde wahnsinnig... Er war natürlich genauso zäh wie Agoun'chich, aber er führte sich zu gern wie ein Herrscher der Berge auf. Der Beweis: er verließ praktisch nie sein Haus im Schatten von Oliven- und Aprikosenbäumen und Weinspalieren, die eine Frische wie im Garten Eden verbreiteten. Jetzt ging er wie ein flüchtender Schakal auf glühend heißen und gefährlichen Pfaden umher, erschöpft und nervös; er hatte keine Energie mehr, weil er seinen schrecklichen Unmut nicht zähmen konnte, der immer wieder in Form heftiger Begierde oder unkontrollierter Reflexe aus ihm hervorbrach. Das Mädchen hatte also Recht, sie ewig Heimatlose zu nennen. Sie mussten daher ihre Lage neu überdenken, bevor sie ihr Abenteuer fortsetzten.

- Folgt mir, sagte sie. Euren Maultieren passiert hier nichts, es gibt keine Diebe.

Sie folgten ihr, ohne sich darum zu kümmern, was ihnen passieren könnte. Waren junge Frauen, alte Weiber und Kinder in der Lage, hart gesottene Burschen wie sie fertig zu machen? Nein, dachte Agoun'chich. Wir haben hier sicher die Richtigen getroffen. Ich lasse mir die Hand abhacken, wenn das keine Feen sind, die mit aller Macht unsere Haut retten wollen. Wir werden ja sehen.

- Gehen wir ruhig hin, sagte er zum Schänder.

Nach einigen Umwegen entdeckten sie schließlich die Reste eines alten Metalltores mit Löchern von der Größe einer Münze. Das junge Mädchen ließ sie eintreten. Zusammen gingen sie einen leichten Abhang hinunter, auf dem hier und da Thymianbüschel wuchsen; er führte zum Eingang einer richtigen unterirdischen Wohnung.

Das sind Höhlenbewohner, dachte der Schänder. Ich habe schon von diesen Nachtvölkern gehört, die in Höhlen wohnen und mit den Leuten unten seltsame Beziehungen unterhalten. Aber es ist das erste Mal, dass ich das aus der Nähe sehe.

Eine in den Fels gehauene Treppe führte sie zu einem großen, von der Decke her lichtdurchfluteten Raum. Das war weder Tageslicht, noch das Licht irgendeines bekannten Brennstoffs. Man konnte glauben, allein der Fels verbreite durch einen unerklärlichen Vorgang dieses Zauberlicht. In der Mitte des Saals stand ein Brunnenbecken aus glänzendem Porphyr und man hörte ein leises Gluckern, aber aus dem Stein kam kein Wasserstrahl. Etwas entfernt von dem Becken saßen junge Frauen auf goldenen Schemeln und plauderten fröhlich. Sie beachteten die Ankömmlinge überhaupt nicht. Epheben mit glänzenden Gürteln brachten ihnen erfrischende Milchgetränke und Süßigkeiten. Dem Schänder stockte das Blut beim Anblick dieser nackten Körper. Anders ausgedrückt: Früher wäre er ohne Zögern über sie hergefallen wie ein Geier über den Kadaver eines verwesenden Esels. Im Augenblick hielt er sich mit Mühe zurück und folgte den anderen auf dem Fuß, nicht ohne sich oft umzudrehen und mit begehrlichen Blicken die vollkommenen Körper der jungen Frauen zu verschlingen, und, mehr noch, die prallen und aufreizenden Formen der Epheben. Das junge Mädchen führte sie in einen anderen Raum, der reicher ausgestattet schien als der erste. Keine Menschenseele war anzutreffen. Nur Vögel aller Arten und aller Farben flatterten in silbernen Käfigen herum. Eine Musik, wie sie sie noch nie gehört hatten, durchflutete ihre Sinne. Diese Symphonie klang wie die Sphärenmusik, die bei der heiligen Bewegung des Universums entsteht.

- Was ihr hier seht, sind die wieder erstandenen Seelen der großen Heiligen, der Jungfrauen und der tot Geborenen. Habt keine Angst und folgt mir, ihr werdet sehen, was kein Lebender jemals hat erblicken können, nicht einmal im Traum; ihr werdet als Gäste bei den Glückseligen Aufnahme finden.
- Ich würde gern meine Schwester wieder finden, die auf der Terrasse unseres Hauses getötet wurde, sagte Agoun'chich. Ist das möglich?
- Sie hat sich noch nicht wieder in Materie verwandelt. Sie ist noch nicht bis hierher gelangt, antwortete das junge Mädchen.
Agoun'chich verspürte eine abgrundtiefe Enttäuschung. Er, der noch nie geweint hatte, unterdrückte einen Schluchzer und wischte sich die Augen. Er hatte seine Schwester immer sehr geliebt. Er hatte sie hart gegen die Lüstlinge und Sittenstrolche verteidigt und viele Male reichen Männern aus der Gegend ihre Hand verweigert.
- Dein Schmerz soll nicht zu sehr deine Rachegelüste anfachen, sagte das junge Mädchen. Du wirst deine Schwester nie wieder sehen können. Aber vielleicht kannst du aus ihrem Tod eine Lehre ziehen? Denn wenn du sie wieder sehen würdest, würdest du verrückt und könntest den Rückweg nicht mehr finden.
- Also gut, sagte er. Von jetzt an werde ich nur noch an Rache denken. Und wenn ich als reicher und geachteter Mann nach Hause zurückkehre, werde ich alle meine Feinde umbringen können, und wenn ich den Teufel dafür bezahlen müsste, dass das Schicksal sich vollzieht.

Sie waren jetzt aus dem Raum mit den Vögeln herausgetreten und durchquerten einen Gang, dessen Decke von Säulen mit Jade- und Elfenbeinintarsien getragen wurde. Auf den duftenden Blumenteppichen hockten im Kreis alte Männer in stillem Gebet. Ein anderer alter Mann stand wie ein Erzengel da, den Blick gebannt auf ein erleuchtetes Fenster gerichtet, das aus dem Himmelsblau herausgeschnitten war.

Das junge Mädchen bedeutete ihnen zu schweigen, ohne dass sie selbst ein Wort sagte; sie lasen ihre Gedanken und mussten sich nicht erst bemühen, deren Sinn zu entschlüsseln. Je weiter sie in diese merkwürdige Welt eindrangen, desto klarer wurde ihnen, dass das, was sie sahen oder empfanden, mit nichts Irdischem vergleichbar war. Sie waren vollkommen verwandelt, so dass sie nur eine gewisse Erfüllung verspürten, die sie von dem im Herzen angestauten Hass befreite. Sie tauchten in ein kaltes Licht ein, durch das sie leicht hindurch schritten. Alles um sie herum wurde zu glänzenden, schemenhaften Formen.

Nachdem sie die Halle verlassen hatten, bemerkten sie einen dunklen See; an seinem Ufer sahen sie ein längliches Schiff und einen Schiffer, der sie zu sich winkte... Doch ihre Führerin, die ihre Erscheinung als junges Mädchen abgelegt hatte und zu einer strahlenden Kugel geworden war, hinderte sie am Weitergehen... Dann verschwand sie.

Sie fanden sich auf einer Felsplatte liegend wieder. Sie erfuhren niemals, wie lange diese Reise gedauert hatte, erinnerten sich aber an alles, was sie gesehen hatten. Hatten sie geschlafen oder waren sie ohnmächtig geworden? Ihr Verstand fand keinerlei befriedigende Erklärung für das, was sie erlebt hatten. So schrieben sie es einem vorübergehenden Schwächeanfall als Folge eines Sonnenstichs oder ihrer Übermüdung zu; etwas, das ihre Widerstandsfähigkeit eigentlich nicht zuließ. Sie waren noch in der Lage, mehrere Tage Fußmarsch und Entbehrungen durchzustehen. Die Maultiere hatten sich nicht vom Fleck gerührt, sie beobachteten ruhig die beiden Männer. In der eintönigen Landschaft gab es nicht eine einzige Ruine. Aber das Gebirge mit allen seinen Fallen schreckte sie nicht; es war wie ein Mutterschoß, in dem sie das Leben intensiv spürten.

Agoun'chich erinnerte sich wieder an den Tod seiner Schwester. Zum Zeitpunkt des Mordes war er nicht anwesend. Ihm war nur berichtet worden, dass ein Schurke, hinter einem Steinhaufen versteckt, sie erschossen und sich dann auf einem Maultier schnell davongemacht hatte. Diejenigen, die ihn gesehen hatten, beschrieben ihn als einen, der nicht aus dem Dorf war. Agoun'chich hatte ihn nach der Beschreibung sofort erkannt. Und er hatte sich gesagt, dass sein Feind sich im Opfer geirrt hatte. Als er seine Schwester aufgefunden hatte, schwamm sie in einer Lache von Blut, das zu gerinnen begann und ganze Fliegenschwärme anzog. Manche Frauen, die bei der Toten Wache hielten, waren in Ohnmacht gefallen, andere bemühten sich, die Tote wiederzubeleben, indem sie ihr leichenfahles Gesicht mit einer Zwiebel einrieben. Agoun'chich selbst wusch die Blutklumpen ab, die den Leichnam seiner Schwester befleckten. Die

Vorstellung eines geschlachteten Ochsen kam ihm mehrfach in den Sinn, doch er verjagte sie jedes Mal wie einen Albtraum. Er wusch und kämmte sie ein letztes Mal und balsamierte sie mit zerstampften Basilikumblättern und Ambrapulver ein. Dann nähte er sie in ein Leichentuch ein, das er für den Fall seines eigenen vorzeitigen Todes zurechtgelegt hatte. Während all dieser Verrichtungen hatte er nichts von seiner sprichwörtlichen Ruhe verloren. Allerdings sah er sich hin und wieder in der Gegend genau um, denn er wollte einem möglichen Schützen nicht als Zielscheibe dienen.

- Gehen wir weg, sagte er zum Schänder. Die Sonne wird bald untergehen und wir müssen es vermeiden, in der Nacht unterwegs zu sein.
- Gut.

Sie erhoben sich und gingen zu ihren Reittieren.

Nachdem er seine Schwester beerdigt hatte, war Agoun'chich eilends aufgebrochen, den Mörder zu suchen. Schließlich fand er ihn und tötete ihn eiskalt... Doch das Bild seiner blutüberströmten und von Fliegen belästigten Schwester hatte ihn immer weiter verfolgt. Sie erschien ihm überall. In solchen Augenblicken wurde er plötzlich grausam, behielt aber die Nerven. Jede seiner Gesten war so abgezirkelt, dass er automatisch sein Opfer ins Visier nahm und es ohne Widerstand niederstreckte.

Schweigsam und ohne Umgang mit irgendjemandem, war er der wandelnde Soldat des Todes; er wandelte am brennenden Saum der ungestillten Rachegelüste und sah die einfachs-

ten menschlichen Beziehungen als Lug und Trug an. Er fragte sich zuweilen, ob er nicht verrückt im Kopf war, dass er dauernd an seine Schwester dachte. Sie war schlicht und einfach tot und keine Macht, auch keine teuflische, konnte sie wieder lebendig machen. Doch ihr Bild verfolgte ihn trotzdem weiter.
- Die Tiere sind ein bisschen erschöpft, sagte der Schänder.
- Nicht wichtig. Es gibt sicher in der Umgebung ein Dorf. Wir müssen vor Einbruch der Nacht dort ankommen. Wir werden uns dort reichlich mit Lebensmitteln eindecken und die für uns wichtigen Auskünfte einholen.

Sie machten sich auf den Weg.

Schon zirpten die Insekten der Nacht. Eine leichte Brise war aufgekommen und strich über die Sträucher und Büsche.
- Wir müssen etwas zum Essen erlegen, sagte Agoun'chich. Wir haben fast nichts mehr zu essen.
- Nicht nötig, sagte der Schänder. Ich habe noch ein paar Lebensmittel in meinen Satteltaschen. Damit kommen wir noch bis zum nächsten Dorf.

Nach einem einstündigen Ritt erreichten sie eine Schneise über dem Abhang. Ein Eselsweg führte dicht an den Ausläufern des Gebirges entlang. Unten begann ein langes Tal, das sie nicht in allen Einzelheiten sehen konnten. Sie bemerkten nur einen breiten Wasserlauf um eine Stadt herum, die von einem Wall umgeben war und mitten in einem Olivenhain lag.
- Wir sind endlich da! sagte Agoun'chich. Das ist Taroudant. Bald können wir uns ausruhen. Der Fluss, den du da siehst, heißt Souss.

In jener Zeit war Taroudant die wirtschaftliche und geistige Hauptstadt des Souss-Tals. Ihre besondere geografische Lage begünstigte die Verbindungen zwischen dem Norden und dem äußersten Süden. Für alle Karawanen von und nach Marrakesch lag sie auf dem Weg. Diese kleine mittelalterliche Stadt lag am Fuße des Hohen Atlas, am Lauf des Souss, dessen Hochwasser bekannt und gefürchtet war; sie war stolz auf ihre sehr angesehene islamische Universität. Ihre aus gestampftem Lehm erbaute, mehrere Meter breite Stadtmauer hatte sie früher vor den Streifzügen von Plünderern und den blutigen Revolten halb verhungerter Bergvölker bewahrt. Sie wurde damals von einem *Qaïd* verwaltet, der seine Armee aus seinem eigenen Kreis rekrutierte. Er zahlte dem Sultan den Tribut auf die von seinen Kampftruppen eingetriebenen Steuern und die Kriegsbeute. Das Eindringen der Franzosen veränderte die Dinge beträchtlich. Die neue Verwaltung beließ den alten Chef, den *Makhzen*, kontrollierte ihn aber mit eiserner Hand, und ein Offizier des Kolonialheers organisierte nach modernen Methoden die Verwaltung der Stadt und der umliegenden Orte. Der Anti-Atlas und der Stamm der Ait Ba Amrane waren immer rebellisch gewesen und wären es noch länger geblieben, aber die Kolonisierung von Land und Geist hatte im Souss-Tal schon begonnen. Der neue Herr, sehr versiert in Kolonial-Psychologie, hatte die Unterworfenen eingewickelt und gab vor, deren archaische Sitten zu achten. Er benutzte sie wie eine eiserne Lanze, um den Widerstand der Berber zu schwächen. Gegen die Ait Ba Amrane wurde ein Feldzug gestartet, doch diese wehrten sich mit Gewalt gegen die Bevormundung. Der Feldzug wurde vom *Qaïd* Haida Moys geleitet, der, auf seinen Ruhm und seine unvergleichlich stärkeren Waffen vertrauend, sich eine ganze Weile in der Lage glaubte, das ganze Gebirge zu unterwerfen. Das Unternehmen war ein Schlag ins Wasser. Die Ait Ba Amrane, die als unbesiegbar galten, waren hervorragende Strategen. Haida Moys geriet blindlings in die Falle, die sie ihm gestellt hatten. Sie ließen seine Truppen anrücken und überließen ihnen sogar den Zugang zu ihrem Gebirge, einem wahren Engpass südwestlich von Tiznit; dann umzingelten sie die Soldaten und schlugen sie in Stücke. Sie nahmen Haid Moys fest, enthaupteten ihn und hängten seinen Kopf an den Ast einer Arganie, die noch heute „Arganie des Haida Moys" genannt wird. Dieser teilweise Misserfolg beeinträchtigte die Pläne des Kolonisators keineswegs. Im Gegenteil, er verbündete sich zunehmend mit anderen *Qaïds*. Einige Monate später würde er die Dörfer und Marktflecken des Anti-Atlas bombardieren, die an den nackten Felsen klebten und dadurch verwundbar waren. So sehr sie einen Stammeskonflikt aushalten konnten, so sehr wurden sie eine ausgezeichnete Zielscheibe für die Flugzeuge. Der Kolonisator würde genauso vorgehen, wie er es bereits vor der Übergabe von Abd el-Krim im Rifgebirge getan hatte.

Taroudant kam trotz der Hungersnot in der Umgegend zu Wohlstand. Es war die Kornkammer des Südens. Seine Olivenkulturen erbrachten Tausende von Hektolitern reinsten Öls, das die Händler in den Norden brachten. Die Stadt besaß die Händler in den Norden brachten. Die Stadt besaß alte Ölmühlen, die auf dem Felsvorsprung standen; wenn ihr riesiger Mühlstein aus Sandstein sich zur Erntezeit ohne Unterlass drehte, lief ein wahrer Goldfaden heraus. In Taroudant baute man auch unterschiedlichstes Obst und Gemüse an. Am Stadtrand lagen Gemüsefelder, zu denen in tiefen Rinnen das Wasser aus dem Fluss und dem Brunnen geleitet wurde; sie bekamen Schatten von Obstbäumen, die von ziemlich hohen Mauern aus gestampftem Lehm umgeben waren. Überall gab es Wasser, sogar während der Trockenzeit.

Als sie am Abend in die Stadt kamen, bemerkte Agoun'chich:

- Das ist wirklich ein Paradies. Wenn man bedenkt, dass man bei uns verhungert!

- Das ist fast unanständig, antwortete der Schänder.

Sie hatten noch nie etwas so Schönes und Üppiges gesehen.

- Und all das fließende Wasser, mein Gott! Hast du das gesehen?

In der Abendstille hörte man den Gesang des Wassers in den Gräben. Als erstes hielten die beiden Rcisendcn an, um ihren Durst zu löschen und ihre Tiere zu tränken. Reiter und Fußgänger betrachteten sie im Vorbeigehen, aber niemand sprach sie an. Erst als sie das innere Stadttor erreicht hatten, wurden sie von Beamten abgefangen und zu einem Wachtposten geführt, wo sie einem Leutnant der Legion Rede und Antwort stehen mussten. Einer der Beamten diente ihnen als Dolmetscher. Der Offizier wollte wissen, woher sie kämen, was sie hier machten und ob sie bewaffnet seien. Sie logen auf der ganzen Linie. Bevor sie die

Stadt betreten hatten, hatten sie Waffen und Munition sorgfältig in ihrem Gepäck versteckt und trugen nur noch an der Seite den traditionellen Dolch. Sie behaupteten, Getreidehändler zu sein, und ergänzten, dass sie im *Souk* von Ait Baha Handel trieben. Nach einer halben Stunde Palaver ließ man sie ziehen.

Trotz der Dunkelheit waren die Straßen voller Leben. Vor den Auslagen der mit Sturmlampen beleuchteten Läden wimmelte es von Leuten. Händler verkauften im Freien Suppe und Grillspieße. Agoun'chich und sein Gefährte gingen schnurstracks zu einer Herberge, bei der es auch einen Stall gab. Sie nahmen den Tieren die Lasten ab, schlossen sie in einem Verschlag ein und gaben den Schlüssel einem Stallknecht, der sich um alles kümmern sollte; dann mieteten sie ein Zimmer. Es lag wie alle anderen hinter dem Speiseraum der Herberge. Man erreichte es über einen Hof, in dessen Mitte ein Brunnen stand. Zwischen dem Brunnen und den Zimmern war ziemlich viel Platz. Man hatte dort Wärmpfannen, niedrige Tische und Küchengeräte hingestellt, denn die Reisenden bereiteten gegen einen geringen Aufpreis ihr Essen selbst zu.

Ein Bediensteter begleitete Agoun'chich und den Schänder zu ihrem Zimmer. Es gab weder ein Bett, noch eine Decke, sondern nur eine große Matte, einen kleinen Tisch und eine Petroleumlampe, die sie gleich anzündeten. Macht nichts! Sie waren gewohnt, sich zum Schlafen irgendwo hinzulegen. Bevor sie die Bedienung wegschickten, bestellten sie ein *Tajine* mit Oliven und eine Teekanne.

- Setz draußen Wasser auf und bring uns alles, was wir für einen Tee brauchen, wir bereiten ihn selbst zu, sagte Agoun'chich.

Als der Bedienstete gegangen war, legten sie ihre Sachen ordentlich an eine Wand. Die Lampe zeichnete auf dem Boden und an der Decke gespenstische Figuren.

- Lassen wir die Tür offen, sagte der Schänder. Es riecht hier wie in einem Schweinestall.

- Und ich wette, diese Nacht werden wir von Wanzen aufgefressen.

- Klar, gab ihm der Schänder Recht.

Und sie brachen in Lachen aus.

- Sieh mal! Da ist ja schon eine.

- Lass dieses verdammte Ungeziefer am Leben, es stört uns ja nicht, sagte der Schänder.

- Um es ein für allemal loszuwerden, müsste man die Wände kalken und alles von oben bis unten saubermachen.

- Wie lange werden wir denn hier bleiben? fragte der Schänder.

- Wir haben genug Geld, um zwei Jahre hier zu bleiben, aber wir bleiben lieber nur einen Monat. Was meinst du?

- Das wäre wirklich besser, antwortete der Schänder. Inzwischen versuchen wir unseren Schatz in klingende Münze umzusetzen.

- Und wie?

- Indem wir den Schmuck, den wir besitzen, irgendeinem aus dem Judenviertel verkaufen.

- Ausgezeichnete Idee, gab Agoun'chich zu.

Die Nacht war schon weit fortgeschritten, als ein ohrenbetäubender Lärm sie weckte. Sie hoben den Kopf, spitzten die Ohren und hörten dann ein wirres Geschrei und danach kurz hintereinander Detonationen. Ohne jeden Zweifel wurde Jagd auf einen Menschen gemacht. Draußen hörte man eine Reitertruppe, doch das Geräusch wurde durch die dicken Wände gedämpft.

- Da wird sicher ein Mann gejagt, sagte der Schänder. Vielleicht ist es einer der Unseren. Ob wir ihm nicht helfen sollen?

- Kommt nicht in Frage! Wir dürfen uns da nicht einmischen. Es sind sicher Soldaten, die untereinander abrechnen.

Plötzlich schlug ein Körper auf den Lehmboden im Hof auf. Türen wurden geöffnet und sie hörten unverständliches Flüstern. Draußen wurde gekämpft... Der Schänder stand auf, um die Lampe anzuzünden. Er nahm aus dem Gepäck zwei Revolver, lud sie und gab den einen seinem Gefährten.

- Gehen wir nachsehen, was da los ist, aber gehen wir nicht von hier weg, sagte er.

Sie traten hinaus. Im Hof beugten sich vier Männer über einen Verwundeten, von dem man nur Gesicht und Schultern sah. Er hatte einen graumelierten struppigen Bart, eine Adlernase und lebhaft glänzende schwarze Augen. Von den Schnittwunden sah seine freie Stirn wie gestreift aus. Blut lief langsam als dünner Faden aus den Wunden, beschmutzte seine Mundwinkel und verlor sich im Bart. Noch ganz benommen, stammelte der Mann unzusammenhängende Sätze wie:

- Suchen... verirrte Kugeln... Turban... Stute...

Agoun'chich stieß einen der Kerle zur Seite, zog aus seiner Tasche eine kleine, silbern glänzende Metalldose und verlangte kochendes Wasser. Man brachte es ihm sofort, denn auf einem Wärmeofen stand noch ein gefüllter Wasserkessel; dann begann er, die Stirn des Verwundeten zu säubern. Danach nahm er aus der Dose eine Fingerspitze braunen Pulvers, das er vorsichtig auf die klaffende Wunde streute. Schließlich verband er den Kopf des Flüchtigen mit einem roten Stofffetzen.

- Man soll ihm zu trinken geben! sagte er.

Kaum hatte er einen halben Krug Wasser getrunken, stand der Mann auf. Die anderen erhoben sich ebenfalls.

- Wir müssen hier weg, stammelte er. Sie werden mich abholen und wenn sie mich mit euch sehen, nehmen sie euch mit, freiwillig oder gezwungen.

- Von wem sprichst du? fragte Agoun'chich.

Der Mann betrachtete ihn aufmerksam, bevor er sagte:

- Ich kann euch vertrauen, nicht wahr?

Sie bejahten.

- Nun gut! Schließlich seid ihr Bergbewohner wie ich, Unbezwingbare. Also: Ich bin ein ausgebrochener Gefangener. Ich habe teuer bezahlt, damit man mir die Zellentür öffnet. Mein Dorf liegt irgendwo in der Nähe von Ighrem. Ich bin ein *Qaïd*. Vor einiger Zeit hat Haida Moys meinen Truppenteil zerstört und sich meiner Güter bemächtigt. Er setzte an meine Stelle einen seiner Leutnants, den zu töten mir nicht sehr schwer fiel. Eine unserer Frauen hat ihn nämlich auf mein Geheiß vergiftet. Nach der Niederlage und dem Tod von Haid Moys bin ich nach Hause zurückgekehrt, um meine Leute anzustacheln, den Kampf fortzuführen... aber ich hatte nicht mit den Verrätern, den treulosen Imgharen, gerechnet, die nur dem Fremden gehorchen. Ich bin in einen Hinterhalt geraten, nicht ohne einige Legionäre und mehrere einheimische Soldaten umgelegt zu haben, aber ich habe bei diesem Abenteuer nicht wenige Männer verloren und bin selbst verletzt worden. Doch die Bergvölker geben nicht auf.

- Du kannst auf uns beide zählen, sagte Agoun'chich und deutete auf den Schänder.

- Auf uns auch, pflichteten die anderen bei.

- Voll und ganz, setzte der Schänder hinzu.

Der Lärm draußen hatte aufgehört. Es waren nur noch die gedämpften Geräusche der Nacht zu hören. Und hin und wieder das Gebell der Hunde und das Rufen einer einsamen Eule.

- Sie haben wohl die Suche abgebrochen, stellte Agoun'chich fest.

Man hört nichts mehr. Setzen wir uns also. He du, bring uns, was wir für den Tee brauchen, wir haben ihn verdammt nötig.

Der Schänder ging die Utensilien und auch Tee, Zucker und Absinth holen. Man brachte auch kochendes Wasser. Alle setzten sich in das flackernde Licht von zwei an der Wand aufgehängten Lampen. Während der Schänder den Tee zubereitete, lauschte man dem Bericht des *Qaïd*:

Ich habe euch noch nicht alles gesagt. Ja, ich bin wirklich froh, auf Brüder gestoßen zu sein. Schon fast eine Stunde verfolgte man mich in den engen Gassen der Stadt, als ich diese Herberge entdeckte. Der Stallknecht ist ein Kerl aus meiner Heimat; er hat mir geholfen, über die Mauer zu klettern, aber eine verirrte Kugel hat mich gestreift. Deswegen bin ich in diesen Hof gefallen. Nachdem ich zwei Wachleute niedergeschlagen hatte, bin ich aus dem Gefängnis geflohen. Ich konnte ihnen ihre Waffen nicht mehr abnehmen, weil wohl jemand Alarm geschlagen hatte. Von überall Schüsse, Schüsse... Ah! wenn ich doch ein Gewehr hätte ergattern können... ich hätte ein Gemetzel veranstaltet, ganz sicher, denn diese Hampelmänner von Soldaten kommen nicht gerade um vor Mut, verdammt noch mal, das kann ich euch sagen! Ich sagte ja, dass ich nach der Hinrichtung von Haida Moys den Kampf wieder aufgenommen habe. Ich war unbestritten der Chef eines großen Stammes. Ich bin es immer noch. Hungersnot, Epidemien, innere Auseinandersetzungen beunruhigten mich sehr, aber ich setzte auf meine Verbündeten. Und so gelang es mir trotz allem, die Meinen zusammenzuhalten. Nur gab es Verräter, Neider aller Art, die sich verstellten; Leute aus meiner eigenen Familie, die, um meinen Posten zu bekommen, direkt mit dem Feind verhandelten. Auf die Art hat man mich hereingelegt. Als ich eine ziemlich lange Reise machen musste, um einen befreundeten und seit langem verbündeten *Qaïd* zu besuchen, verriet einer aus meiner unmittelbaren Umgebung, der über alle meine Taten und Pläne auf dem Laufenden war, dem Besatzer das Geheimnis. Man hat ihn für eine solche Schandtat sicher sehr gut bezahlt. Oder man hat ihm was weiß ich versprochen. Jedenfalls bin ich ihnen in die Hände gefallen.

Sie mussten auf den Kieseln und dem Sand des ausgetrockneten Flusses, wo wir gekämpft haben, eine ganze Menge Leichen zurücklassen. Aber was soll's! Sie haben mich trotzdem gefangen. Sobald wir hier angekommen sind, haben sie mir vorgeschlagen, ein Abkommen mit ihnen zu schließen; sie stellten die Bedingung, dass ich meinen Stamm bedingungslos auszuliefern hätte. Wir mussten die Waffen niederlegen oder uns von den Goum anwerben lassen. Ich habe rundweg abgelehnt. Sie haben es mir in glänzenden Farben geschildert und alles versprochen, wofür ein schwacher und unmoralischer Mann Vater und Mutter den Hals durchschneiden würde. Ich blieb standhaft, aber es widerte mich an. Ich sollte ein Feind der Berge werden? Nie im Leben! Also sperrten sie mich mit halb verrückten und von Würmern angefressenen Gefangenen ein... und ließen mich in einem dunklen und feuchten Kellerverlies im Dreck verkommen. Ich blieb da mehrere Monate. Von Zeit zu Zeit warfen sie uns durch eine kleine Luke in der Decke harte Brotfladen hinunter, um die wir uns stritten wie verwilderte Hunde um einen angefaulten Kadaver. Um uns zu trinken zu geben, ließen sie auf dieselbe Weise einen Eimer mit schmutzigem, nach Pferdeurin stinkendem Wasser hinab. Jede Nacht holten sie Häftlinge ab, stellten sie an die Wand und erschossen sie. Man hörte das Wehklagen der Verurteilten... das Röcheln der Sterbenden, bis man sie mit einem Säbelhieb erledigte, um Patronen zu sparen... Eine Wache, die ich bestochen hatte, derselbe Mann, der mir später die Flucht ermöglicht hat, hat mir erzählt, dass man jede Nacht, vor Tagesanbruch, wie er betonte, Karren voll Leichen zu einem einige Kilometer von der Stadt entfernten Massengrab in den Dünen fuhr, wo es von Schlangen wimmelte. Dort kippte man karrenweise ungelöschten Kalk in die riesige Grube und schüttete sie mit Steinen und Erde zu. Die man so tötete, hatten niemals vor Gericht gestanden. Es waren keine Banditen oder landläufige Kriminelle, sondern Widerstandskämpfer, die nicht nach der Pfeife des Besatzers tanzen wollten. Man hatte sie natürlich mit der Waffe in der Hand gefangen genommen. Einige hatten sogar mehrere Jahre im Krieg gekämpft... Eines Tages trieb man uns im Hof in einer langen Reihe zusammen, Auge in Auge mit bis zu den Zähnen bewaffneten Soldaten. Auf einem Podest standen unter Fahnen stocksteif mit Orden schwer behängte Offiziere. Man konnte sie leicht vom Fußvolk unterscheiden. Der Höchstrangige hielt uns eine halbe Stunde lang eine Ansprache, bevor er einen Dolmetscher sprechen ließ. Aus seiner Rede ging hervor, dass er uns Frieden und Wohlstand anbieten würde, wenn wir nur seine Befehle ausführten. Er wurde ausgebuht, weil uns die Wut im Gedärm brannte. Es folgte ein Handgemenge, das in eine Schießerei ausartete. Mehrere von uns fielen tot in den Staub. Man schnitt ihnen die Köpfe ab, spießte sie auf glänzende Bajonette und stellte sie zur Schau. Dann stellten sich der Chef und seine Leutnants in einer Reihe vor einem Mann auf, der sich an einem großen Fotoapparat zu schaffen machte. Inmitten dieses unsäglichen Gemetzels posierten sie selbstgefällig als gestrenge Eroberer. Am Ende stieß man uns brutal in das Verlies und schlug über uns das schwere Metalltor zu.

Da die anderen noch nie einen Fotoapparat gesehen oder auch nur davon gehört hatten, erklärte ihnen der *Qaïd*, was das war. Sie schlürften Tee und diskutierten. Agoun'chich war beeindruckt von der Persönlichkeit des *Qaïd*. Er hätte ihn gern zum Gefährten gehabt, wagte aber vor den anderen nicht, sich zu erkennen zu geben. So widerstrebte es ihm auch, seine eigene Geschichte zu erzählen. Sie hatten bestimmt schon von ihm gehört, denn er hatte sich ja schon Achtung erworben. Er betrachtete sich natürlich als Widerstandskämpfer, genauso wie der *Qaïd*, obwohl er noch nicht direkt gegen die Kolonialherren kämpfen musste... aber das war nur eine Frage der Zeit. Früher oder später würde die Armee einen tödlichen Schlag gegen die Leute in seinem Tal führen... Vorher müssten sie sich noch in einem erbarmungslosen Kampf gegen die anderen Stämme aufreiben, die sie in jedem Fall von allen Seiten angreifen würden. Agoun'chich konnte damals nicht wissen, dass das Waffenglück und die Interessen der großen *Qaïds* anders entscheiden würden. Hingegen wusste er sehr genau, wie entschlossen der Feind war. Er nahm sich also vor, zu gegebener Zeit nicht seinen persönlichen Rachefeldzug, sondern einen richtigen Krieg mit all seinen Aufregungen und mörderischen Gefahren zu führen.

- Was du uns erzählt hast, ist sehr interessant, sagte Agoun'chich.

Aber sag mal, ob und wann du nach Hause zurückkehren willst, ich möchte dir gern die Sache erleichtern. Mein Freund und ich sind in derartigen schwierigen Angelegenheiten sehr gewieft. In der Kunst, spurlos zu verschwinden, sind wir Meister. Bist du einverstanden?

- Ja, aber wir können die Stadt nicht mitten in der Nacht verlassen, die Tore sind gut bewacht.
- Du müsstest dich als Frau verkleiden, um sofort bei Sonnenaufgang zu verschwinden. Leider haben wir nicht die Kleidung, die du brauchst.
- Man könnte sie vielleicht von einer Prostituierten leihen, schlug der Schänder vor.
- Das wäre zu gefährlich, sagte der *Qaïd.* Die Prostituierten plaudern zuviel aus, das bringt nichts. Vor allem, weil ihre Freier in der Mehrzahl Soldaten oder Legionäre sind.
- Du hast vollkommen Recht, gab Agoun'chich zu.

Einer der vier Reisenden schaltete sich ein:
- Meine Freunde, es hat keine Eile. Wir können beruhigt die Morgendämmerung abwarten, denn ich habe, was ihr braucht: einen neuen *Haik* (Umhängetuch), einen *Seroual* (Pluderhose), einen Schleier und einen Gürtel... und sogar sehr schöne bestickte Pantoffeln. Ihr fragt euch wahrscheinlich, wieso ich das alles habe? Naja, weil ich aus dem Norden komme, wo ich einen Laden besitze. Ich habe meiner Frau wunderbare Sachen mitgebracht, aber weil es darum geht, die feindlichen Wachen hinters Licht zu führen, schenke ich sie dir, *Qaïd.*
- Auf keinen Fall! rief Agoun'chich. Ich kaufe dir das alles ab. Nenne deinen Preis.
- Also… also... das macht 50 Douros. Gewiss, das ist Luxus! Ich habe 50 Douros bezahlt, aber gib mir nur 25 und sprich nicht mehr davon.
- Abgemacht!

- Danke, meine Freunde, sagte der *Qaïd.* Ich werde mich dafür revanchieren.
- Keine Ursache, sagte Agoun'chich. Du hast uns schon reichlich entschädigt mit deinem Kampf, der die Ehre der Berber rettet.

Er zählte dem Reisenden sofort 25 Douros ab; der steckte die Geldstücke in seine Satteltasche, bevor er aufstand und aus seinem Zimmer ein großes verschnürtes Paket holte. Er setzte sich und schnürte es unter den verblüfften Blicken der Umsitzenden auf.
- Um den *Haik* zu halten, musst du unbedingt eine Kette mit Schnallen anziehen, sagte Agoun'chich. Ich glaube, ich habe, was du brauchst. Wartet, ich brauche nicht lange. Er entfernte sich von der Gruppe, um aus seinem Gepäck eine dicke Kette und zwei Armreifen aus Silber zu holen.
- So, jetzt fehlt nichts mehr.
- Und mein Bart? Was mache ich damit?
- Da dein Gesicht ja ganz verhüllt ist und man nur dein rechtes Auge sieht, brauchst du ihn nicht abzunehmen. Frauen in Begleitung werden nie behelligt, du kannst also leicht an den Wachen vorbeikommen. Aber da man immer mit unvorhersehbaren Zwischenfällen rechnen muss, gebe ich dir einen geladenen Revolver. In jedem Fall geben wir dir Geleitschutz, mein Freund und ich, bis du weit genug von der Stadt entfernt bist.
- Ich weiß nicht, wie ich euch jemals danken kann für das, was ihr für mich und für den Widerstand tut, sagte der *Qaïd* zum Schluss.

Wie vorhergesehen, hatten der als Frau verkleidete *Qaïd*, Agoun'chich und der Schänder keinerlei Schwierigkeiten, die Stadt zu verlassen. Als sie den Fluss überquerten, tauchte das erste Tageslicht das Laub der Bäume in schillernde Farben. Die eben erwachte Natur war schon voller Geschäftigkeit und Geräusche, bevor sie in der Gluthitze wieder ermatten würde. Zur Zeit der Mittagsruhe, wenn die Sonne mit der ganzen Masse ihrer Strahlen senkrecht auf der Erde lastete, wagte kein menschliches Wesen sich hinaus. Nur Grasmücken und Zikaden unterbrachen, im Gebüsch versteckt, die Stille mit seltsamen Rhythmen.

- Ich will diese Kleider endlich ablegen, sagte der *Qaïd*. Ich fühle mich darin nicht wohl.

- Geduld, empfahl Agoun'chich. Wir sind noch nicht weit genug von der Stadt entfernt. Jedenfalls müssen wir unsere Gewehre deutlich sichtbar zeigen, damit jeder, der uns sieht, weiß, dass wir entschlossene Männer sind. Es ist gut möglich, dass uns unangenehme Begegnungen erwarten.

Sie schlugen mit der Peitsche auf ihre Reittiere ein, doch die liefen nicht schneller, denn sie waren zu beladen. Der *Qaïd* ritt auf einer Stute. Da die Maultiere nicht so gut galoppieren konnten wie diese, bemühte er sich, dieselbe Gangart beizubehalten wie seine Gefährten.

- Nicht weit von hier gibt es eine alte Begräbnisstätte, sagte er. Wenn wir da ankommen, sind wir außer Sichtweite. Da entledige ich mich dieser Frauenkleider, um meine eigenen Sachen wieder anzuziehen. Dann reiten wir weiter bis zu meinem Dorf. Das lehnt ihr doch nicht ab, hm? Ihr werdet sehen, was das für eine Festung ist: ein wahrer Adlerhorst mit Wachtürmen, einem steinernen Wall und drei auf die Zugangswege gerichteten Kanonen. Rundum nichts als Berge und die Einsamkeit der Gipfel. Vor dem Abend werden wir da sein.
- Wie hast du dir diese Kanonen beschafft? fragte Agoun'chich. Solche Sachen sind bei uns unbekannt.
Sie sind aus Bronze; einer meiner Vorfahren hat sie einmal portugiesischen Seefahrern abgekauft. Er hatte nicht wenig Gold lockergemacht, um sie zu bekommen; aber vor allem dank dieser Kanonen hat meine Familie über die Region herrschen können. Heute sind sie zu nichts mehr nutze, die modernen Waffen haben sie verdrängt. Das Nachladen dauert zu lange und die Angreifer nutzen diese Art Feuerpause aus und fallen über einen her. Ich habe sie nur als Erinnerung an die alten Stammesfehden behalten und als solche sind sie für mich wertvolle Reliquien.
- He! Schaut mal, da unten! schrie der Schänder.

Eine Staubwolke stieg weit weg vor ihren Augen auf und kam langsam näher. Sie konnte nur durch Reiter entstanden sein, denn es war noch nicht so heiß, dass man einen Wirbelsturm vermuten könnte, wie er ihnen geläufig war. Außerdem sah die Wolke aus wie ein Fächer, nicht wie ein Kegel.

Sie hielten an. Agoun'chich. stellte sein Fernglas ein und betrachtete genau den Horizont.
- Das sind Reiter, sagte er. Bewaffnete Reiter.
Dann reichte er dem *Qaïd* das Fernglas.
Hier! Sieh selbst, es kann sein, dass du sie kennst.
Der *Qaïd* beobachtete seinerseits die Reiter.
- Das ist die Bande von Bismgan; das ist ein Sklavenhändler, Abtrünniger und Mörder. Bringen wir uns hinter einem Felsen in Sicherheit und machen uns bereit zu schießen.
- Sie haben uns schon gesehen, sagte Agoun'chich. Überflüssig, dass wir uns verstecken. Reiten wir lieber weiter, als ob nichts wäre, aber bleib weiter verschleiert.
Der *Qaïd* gab ihm sein Fernglas zurück. Der Schänder holte zwei Gewehre hervor; er gab dem Gefährten seines wieder und sagte zum *Qaïd*, die Schakale da drüben machten ihm keine Angst:
- Wir schießen zuerst in die Luft und wenn sie nicht weglaufen, werden wir so viele wie möglich erlegen. Ich kenne mich da aus.
- Das ist das Beste, was wir tun können, pflichtete Agoun'chich. bei.

So spielten sich die Dinge ab. In einiger Entfernung von den Reitern legten die beiden Desperados ihre Schnellfeuerwaffe an und schossen; sie säten Tod und Unordnung in den Reihen der Banditen, die sich überstürzt zurückzogen; aber ihr Chef heckte den Plan für eine Umzingelung aus, die nur in einem felsigen Talkessel gelingen konnte. Wie eine Hyäne einen verletzten Reisenden, blieb er den drei Männern auf den Fersen, bis zu den

Resten einer alten Begräbnisstätte. In manchen geheimnisvollen Schriften wird berichtet, dass diese Nekropole zu einer ehemaligen Stadt gehörte, in die die Pharaonen alle möglichen Astrologen und Botschafter entsandten. Dies bestätigt die Existenz einer außerordentlichen Zivilisation an jenem Ort. Jedenfalls war diese von alters her zauberumwobene Gegend jetzt nur noch das furchterregende Universum von weiblichen Vampiren und Schatten. Auf den ersten Blick sah sie aus wie ein verlassenes Dorf zwischen sich wild auftürmenden Felsen, auf einem von Kakteen und Gestrüpp überwucherten terrassierten Gelände; einige Arganien mit herabhängenden alten Stofffetzen; behauene und verwitterte Steinblöcke, aufgereiht wie im Labyrinth; dazu Tausende von Heuschrecken, von bedrohlichen Schlangen und Eidechsen mit dem Wechselspiel ihrer lebhaften Farben. Das Ganze war eine Beschreibung der Welt in Hieroglyphen, die zugleich vergangen und wiedererstanden schien: ein Reich der untergegangenen, aber immer noch sehr lebendigen, ja sogar beunruhigenden Zeichen.

Die erste Kugel traf und zermalmte einen Stein, zwei Meter von Agoun'chichs Reittier entfernt. Eine zweite Kugel verlor sich, mehrfach widerhallend, im Gebirge. Die Detonation klang noch lange im Ohr des Schänders nach. Die dritte Kugel hätte fast den *Qaïd* getötet.

- Sie sind uns auf den Fersen, schrie der Schänder. Alle in Deckung hinter diesen Mauern, und zwar schnell!

Sie stürzten zu einer Ruine und warteten ab, wie es weitergehen würde.

- Zum Glück besitzen diese Idioten keine technisch gut entwickelten Waffen, sagte Agoun'chich.

- Stimmt, aber sie schießen wohl auch schlecht. Ein hervorragender Scharfschütze hätte uns auch mit einem Pulvergewehr erwischt. Ich frage mich aber, wo sie sich verstecken. Soll ich etwa da überall herumsuchen, wenn sie hinter meinem Rücken einen gemeinen Coup aushecken oder warten, bis es Nacht ist, um mich umzubringen? Das wäre allerdings bei meinem Temperament ein Fehler.

- Sprich nicht so, sagte Agoun'chich. Wir riskieren, schneller über die Klinge zu springen, als du denkst. Bleib bei dem *Qaïd* und lass mich losgehen. Ich werde dir das Ziegenbärtchen dieses verfluchten Sklavenhändlers mitbringen.

Und er verschwand nur mit einem Revolver und einem Dolch, den er in sein Koppel gesteckt hatte. Er hatte sogar seinen Burnus abgelegt, um eine gewisse Bewegungsfreiheit zu haben. Gebeugt schlich er vorsichtig zwischen den Trümmern der Nekropole herum. Er sagte sich, die Schützen müssten sich mit Sicherheit oberhalb des Eselspfades befinden; und er schlug einen Bogen, um sie von hinten zu überraschen. Irgendwann hörte er ein Flüstern und ein leichtes Husten; ein leises metallisches Geräusch wie von einem Gewehrlauf, der an einen Felsen stößt... und dann dieser fast unterdrückte Reizhusten... und wieder diese gedämpften Stimmen, die ein Unkundiger mit den Lauten der unberührten Natur verwechseln könnte... Und er registrierte alle diese Geräusche und kam zu dem Schluss, dass die Angreifer nicht gerade zahlreich waren. Daraufhin kletterte er unendlich vorsichtig hoch. Dann sah er sie: sie waren zu viert und richteten alle ihr Gewehr auf die Ruine, hinter der sich seine Gefährten versteckten.

Wenn ich von hier aus schieße, bringt das am Ende nichts, dachte er... und begann ganz langsam, in ihre Richtung zu kriechen. Das war anstrengend und er musste seine Nerven voll und ganz beherrschen, was ihm fast unmöglich schien; aber als er nur noch etwa zwanzig Meter von den Banditen entfernt war, duckte er sich und knallte sie systematisch ab. Ein einziger kam davon. Es war Bismgan, der vorhin schlecht gezielt und ihn so nicht getroffen hatte. Agoun'chich verletzte ihn nur an der Schulter, denn er wollte einen so wichtigen Schuft nicht umlegen.

Der *Qaïd* würde ihm gern ein paar Fragen stellen, hatte er gedacht. Diese Überlegung war für den Banditen die Rettung.

- Agoun'chich! Ich ergebe mich. Du bist sehr stark, schrie Bismgan. Du hast meine Leute getötet und mich kampfunfähig gemacht.

Agoun'chich war erstaunt, dass ein solcher Schurke ihn kannte, ließ sich aber nichts anmerken. Er sagte fast freundlich:

- Ich will dir nicht ans Leder, du musst dich vor dem *Qaïd* rechtfertigen. Geh voran!

- Der *Qaïd* wird mich abschlachten und meine Haut in die Sonne legen, bis sie von Würmern wimmelt, wenn nicht die Geier sie

vorher mit ihren Schnäbeln zerpflückt haben. Los! erschieße mich jetzt gleich! Ich weiß, dass du ein Mann der Ehre bist.
- Nein, sagte Agoun'chich. Alles, was ich dir verspreche, ist, dass ich beim *Qaïd* ein gutes Wort für dich einlege, deine Qualen abzukürzen.
- Kann ich mich auf dich verlassen?
- Du bist mein Gefangener. Vorwärts!

Sie stiegen hintereinander bis zu der Ruine hinab, wo der Schänder sie mit wildem Gelächter empfing. Der *Qaïd*, der wieder Männerkleidung trug, richtete seinen Revolver auf Bismgan. Er sagte nur zu Agoun'chich:
- Geh da weg, damit ich ihn erledigen kann!
- Du solltest ihm nur ein bisschen zusetzen. Er hat dir sicher einen Haufen Dinge zu berichten.
- Das kann gut sein, aber wenn ich ihn nur sehe, juckt es mir in den Händen.
- Ich könnte das ganz schnell übernehmen, schlug der Schänder vor. Ich zerschneide ihn in ganz schmale Streifen als Futter für die armen Nachttiere.
Er lachte schallend und klopfte auf das Futteral seines Dolches.
- Wenn ihr mich verschont, gebe ich euch ein stattliches Lösegeld, wendete der Bandit ein.
- Wo ist denn das Geld versteckt? fragte der *Qaïd* ironisch.
- Ich brauche euer Ehrenwort, bevor ich es euch verrate. Seid ihr einverstanden?
- Dieses Geld stammt von zig Verbrechen, den Sklavenhandel noch nicht mal mitgerechnet... da wir aber im Streit liegen, legen

wir uns nicht gegenseitig herein. Wo ist das Geld? Sprich, bevor ich mich anders besinne!
- Kommt mit!

Bismgan führte sie an eine entlegene Stelle der Nekropole. Da gab es eine ziemlich geräumige Totenkammer, in der vier Reittiere mit einem Strick an Eisenringen in der Wand angebunden waren. Der Raum war eigens für Reisende hergerichtet worden. In einer Ecke waren ein Strohballen, eine Feuerstelle, einige angekohlte Holzscheite, ein Krug mit frischem Wasser und einige Gebrauchsgegenstände.
- Schwört mir, dass ihr mich nicht tötet, wenn ihr das Geld bekommen habt, sagte Bismgan.
- Es gibt nur das eine Ehrenwort. Wo ist das Geld?

Der *Qaïd* war sichtlich erzürnt, weil der Bandit ihn hinhielt. Er stieß ihn grob in die Totenkammer. Als die Tiere sie sahen, zerrten sie an ihrem Strick und eines von ihnen wieherte kurz... aber sie beruhigten sich sofort, als sie ihren Herrn erkannten.
- Ich kann den rechten Arm nicht bewegen, sagte Bismgan. Wenn du unbedingt das Geld haben willst, das ich unter Lebensgefahr verdient habe, hol es dir aus meinen Satteltaschen; mein Tier ist die schwarze Stute, die du da hinten siehst. Aber um Himmels Willen, drück nicht mehr so, meine Wunde brennt wie das Höllenfeuer.
- Wir pflegen dich nicht. Es ist schon viel, wenn wir dich mit heiler Haut laufen lassen, sagte der *Qaïd*.
- Der macht sich immer noch etwas vor, ergänzte der Schänder.

- Das ist ein abgebrühter Verbrecher, bekräftigte der *Qaïd.* Ein räudiges Schaf!

Und er ging das Lösegeld aus den Satteltaschen des Banditen holen. Danach kam er mit funkelnden Augen wieder aus der Totenkammer.

- Ist da viel Geld? fragte Agoun'chich.

- Genug, um eine kleine Truppe auszurüsten, aber dieser Bandit muss noch reicher sein. Nur Leute dieses Kalibers verschwenden in Nullkommanichts das, was sie stehlen. Sie schenken den ordinärsten Huren Geld und kaufen Alkohol, egal wo und egal, zu welchem Preis. Wir geben uns also mit dem zufrieden, was das Schicksal uns geboten hat. He, du! Du kannst abhauen und sogar deine Pferde behalten, aber komm nur nicht mehr auf den Gedanken, dich mir in den Weg zu stellen. Das nächste Mal bring ich dich um.

Der Bandit, der in der Totenkammer geblieben war, sah ihnen nach, als sie davonritten. Er war noch nicht ganz beruhigt. Deshalb lauschte er noch lange dem Geräusch der Hufe. Als er nichts mehr hörte, brummte er zufrieden und zog seine Kleider aus. Er holte aus seiner Choukkara ein kleines Fläschchen mit einer dicken, schwarzen Flüssigkeit und begann, seine Wunde zu versorgen.

- Endlich sind wir da, sagte der *Qaïd.* Was ihr dort oben seht, ist mein Dorf.

Im spärlichen Licht der untergehenden Sonne stand auf einem Felsvorsprung eine Masse dicht aneinander gebauter Häuser. Weit oberhalb der Wohnhäuser sah man den mächtigen Schattenriss einer von vier Wachttürmen gekrönten Festung. Das war das unvergessliche Agadir, älter als die ältesten Bauwerke: ein riesiges befestigtes Lager, in dem jede Familie einen Raum besaß, um Gerste, Öl, Schmuck, Prunkgewänder, Reliquien und Dokumente jeglicher Art zu lagern; der Schlüssel dazu blieb immer beim ältesten weiblichen Familienmitglied.

Das eigentliche Dorf war von einer Mauer aus dicken, von stacheligem Gezweig bedeckten Steinen umgeben, an der ringsum Feigenkakteen und Judendorn wuchsen. Unterhalb erstreckten sich den ganzen Hang hinunter, wie unregelmäßige Treppenstufen, durchweg trockene terrassierte Felder bis zu einem kleinen Tal, das ein gewundener, jetzt ausgetrockneter Bach ausgewaschen hatte. Man gelangte da hinunter auf einem geschlängelten Pfad, hier und da dicht gesäumt von Arganien. Dort hatten die Vorfahren tiefe Brunnen gebohrt und Dattelpalmen, Oliven-, Mandel- und Granatapfel- sowie Johannisbrotbäume angepflanzt; sie mussten die Steine vom Boden entfernen und dann feste Mäuerchen errichten, um ihre Nutzgärten vor eindringenden Wildschweinen, Hasen, Stachelschweinen und Schakalen zu schützen. Die gesamte Vegetation folgte dem Bachlauf. Der Hügel, auf dem das Dorf erbaut war, war von Bergen umgeben;

verschiedenartige Büsche ließen sie aussehen wie einen Negerkopf. So ähnelte das Dorf mehr dem Horst eines Raubvogels als einer menschlichen Siedlung. Für den, der vom Tal aus erobern wollte, war es so gut wie uneinnehmbar. Diese geologische Besonderheit hatte die Vorfahren, stets Zielscheibe unversöhnlicher Feinde, bewogen, sich dort niederzulassen – trotz der frostigen Winter, der unzähligen Unwetter und der großen Entfernung zu den Plantagen und Brunnen. Ausgerechnet die jungen Mädchen und die jungen Frauen mussten den größten Teil der Feldarbeit verrichten und Wasser holen. Wie in einer Prozession gingen sie mehrmals am Tag zum Brunnen, mit einer Unterbrechung von einigen Stunden mittags, denn die Sonne verbrannte sogar die Insekten, die sich nicht in den Bäumen oder unter Steinen verkrochen. Die Männer halfen auf dem Feld nur beim Pflügen, bei der Sommerernte und bei der Mandel- und Olivenernte. Allein der Ältestenrat bestimmte über Beginn und Ende der Arbeiten. Ein Herold unterrichtete die Bevölkerung und jeder durfte dann pflügen, mähen oder sein Obst ernten, ohne eine Strafe zu riskieren. Man fürchtete eine Bestrafung so sehr, dass man sich vor ihr hütete wie vor einer Geschlechtskrankheit. Der Grundbesitz der Moschee war genauso groß wie der der Stammesmitglieder; die ganze Dorfgemeinschaft kümmerte sich darum, aber wer die Arbeit verabscheute, suchte sich unter den Einheimischen ohne Grundbesitz einen Tagelöhner. Die Ernte kam dem *Fqih*, dem Koranlehrer, zu, der niemals aus dem Dorf stammte. Zu seinem Unterhalt steuerte jede Familie vier Mahlzeiten am Tag bei: ein Frühstück, bestehend aus einer Grießsuppe und Tee; ein kräftiges

Mittagessen, Couscous oder Tajine; eine Zwischenmahlzeit mit gebuttertem Fladenbrot und ein Abendessen. Der *Fqih* lebte in der Moschee; er unterrichtete die kleinsten Kinder, leitete alle Gebete und assistierte bei Hochzeiten, Geburten und Begräbnissen; er verfasste Schriftstücke genau wie ein Notar und pflegte bisweilen sogar Kranke. Vor allem die Frauen verließen sich auf ihn, wenn es um das Herstellen geweihter Amulette ging, die man als göttliche Heilmittel betrachtete, im Gegensatz zu den Amuletten, die Juden und Zauberer verteilten.

Nach einem langen Aufstieg kamen der *Qaïd* und seine Gefährten im Dorf an. Die Späher, die sie bemerkt hatten, als sie noch im Talgrund waren, hatten die Krieger und die Ältesten benachrichtigt. Sie hatten sich alle auf einem kleinen Platz in der Nähe der Moschee versammelt. Die einen hatten Gewehre und Patronengürtel bei sich, die anderen Gebetsketten. Die Frauen warfen wild durcheinander riesige Bündel Holz auf eine Feuerstelle, wo schon die roten Flammen der Backöfen aus Lehm züngelten. Mehrere Schwarze kamen und gingen und erteilten hier und dort laut kurze Befehle und Tadel. Einer von ihnen zündete mit einer Fackel Freudenfeuer an, aus Anlass der Wiederkehr des Stammesoberhauptes. Gruppen verängstigter Kinder drängten sich in den Eingängen der ersten Häuser. Diese Furcht war eine Mischung aus tiefem Respekt und ängstlicher Verehrung, denn man fürchtete den *Qaïd* und verehrte ihn zugleich. Schon machten sich drei kräftige Burschen daran, mitten auf dem Platz ein großes Zelt aus Ziegenfell aufzustellen. Andere hatten Karbidlampen herbeigeholt, die an Holzstücke in den Mauern aufgehängt wurden. Ihre Flamme leuchtete blau wie die Körper von Glühwürmchen. Hier und da breitete man grobe Teppiche mit seltsamen geometrischen Mustern aus. Diese Schnörkel und Linien erinnerten unwillkürlich an die alten Schriftzeichen der Bersprache (*tifinagh*). Die Frauen, die sie gezeichnet hatten, kannten sicher nicht die Bedeutung, trugen sie aber im Gedächtnis und gaben seit Tausenden von Jahren diese Schrift von Mutter zu Tochter weiter.

Der *Qaïd* stieg von seiner Stute ab, überließ einem Mann die Zügel und forderte Agoun'chich und den Schänder auf, ihm zu folgen. Sie saßen ab und gingen auf die Ältesten zu. Nachdem der *Qaïd* diese begrüßt hatte, hielt er eine kurze Ansprache und stellte seine Gefährten vor. Sie wurden ausführlich willkommen geheißen.

Die Greise waren stolz, Agoun'chich leibhaftig zu sehen, denn sie wussten von seinen großen Taten und seiner Gradlinigkeit. Er stellte für sie einen jener vollblütigen Berber dar, wie ihn die schwächlichen Stämme von heute nicht mehr hervorbrachten. Er war die Verkörperung selbst dieses Landstrichs: ein Wesen im Exil und dennoch allgegenwärtig, das gezwungenermaßen umherirrte, aber niemals den Kampf aufgab, um seine vollkommene Freiheit wieder zu erringen. Es war ein Mann, dessen einziger Wunsch das geheime Leben der Toten einschloss.

Dieses Leben war in den Träumen der Verirrten verborgen, vor deren patina-behafteten Blick tragische Szenen und Momente unsagbaren Glücks vorbeizogen. Einer der Alten, dessen rasierter Schädel wie ein spöttisches Ausrufezeichen hervorstach, hielt Agoun'chichs Hand fest und stammelte seltsame Wörter. Man hätte meinen können, er lese die Geschichte noch einmal auf eine andere Art. Für jenen Alten war der wahre Berber ein auf dem Wetzstein der Zeit geschliffenes Messer, eine Intelligenz wie die Sonne.

Die Freudenfeuer prasselten und warfen orangefarbene Funken zum Himmel. In der Ferne heulten Schakale und Fledermäuse schwirrten durch die dunkle Nacht auf der Jagd nach Insekten. Von Zeit zu Zeit schrie ein einsamer Esel. Auf einmal tauchte die Nacht den Platz in einen seltsamen Zauber: die in ihre weißen *Haïks* eingehüllten Frauen erschienen wie Nymphen und die Männer wie Halbgötter auf der Suche nach Abenteuern. Ganz oben floss ein Fluss, als ob der Vollmond trübes Wasser aus einem Brunnen laufen ließe.

Der *Qaïd*, seine Gäste, die Ältesten, der *Fqih* und einige Würdenträger, ebenfalls tapfere Krieger, tafelten im Zelt. Da man nicht mit der Rückkehr des Chefs gerechnet hatte, war kein einziges Tier geopfert worden, aber aus dem Lager der Festung holte man Töpfe mit herrlichen eingelegten Fleischstücken. Die Tradition schrieb vor, dass eine herrschaftliche Mahlzeit mit drei verschiedenen Speisen begann: es gab also eine Vorspeise aus gekochter Butter, Honig und Mandelpüree. Dann aßen die Gäste mit großem Appetit ein üppiges Tajine mit Karotten und Zitrone, danach servierte man ihnen Couscous mit Rüben und Auberginen und schließlich einen Korb Feigen.

Beim Tee gedachte man der Ahnen und betete lange für ihre Seelenruhe; aber nur ein *Raïs*, das Stammesoberhaupt, den man von zu Hause geholt hatte (er lebte als Einsiedler in einer alten Hütte am Dorfeingang), konnte die früheren Zeiten wirklich lebendig werden lassen. Er sang die alten Heldenlieder des Stammes, wobei er sich auf einem *Gambri* begleitete, dessen einzige Saite und der Bogen, so dick wie ein Kinderfinger, aus Rosshaar waren. Als der *Qaïd* den Anwesenden den Angriff und die Niederlage Bismgans eröffnet hatte, stimmte der *Raïs* ein Lied über die Sklaverei an. Darin hieß es unter anderem, Bismgan und seine Bande nähmen im Grenzland des Sudans Neger gefangen; sie hängten ihnen schwere Ketten um und trieben sie mit Peitschenhieben, Tag und Nacht, ohne Essen und Trinken, bis zu ihrem Schlupfwinkel mitten im Gebirge. Dort wählten sie die schönsten und kräftigsten aus, um sie zu Eunuchen zu machen. Sie kastrierten sie, indem sie ihnen eine weißglühende Münze auf die Hoden drückten. Wenn diese Prozedur beendet und sie auf ebenso ekelerregende wie brutale Weise abgerichtet worden waren, verkaufte Bismgan dic Sklavcn wie eine gewöhnliche Ware an die reichsten Honoratioren in den Städten, die einen Harem hatten. Diejenigen, die niemand wollte, verjagte er und drohte ihnen mit dem Schlimmsten, wenn er ihnen noch einmal begegnen würde.

Zum Schluss sagte der *Raïs* Bismgan und Seinesgleichen die schlimmste Sühne im Jenseits voraus. Man leerte noch einige Kannen Tee, dann zog man sich zum Schlafen zurück, denn der folgende Tag sollte der eigentliche Festtag werden; der *Qaïd* hatte nämlich die Anweisung gegeben, am frühen Morgen zehn Ziegenböcke zu opfern. Agoun'chich und der Schänder verbrachten die restliche Nacht im Zelt, wo man ihnen Ruhelager bereitet hatte.

In jener Nacht wurde ein kleines Mädchen, das auf dem Platz neben einem Steinhaufen spielte, von einem Skorpion gestochen. Das Insekt glänzte wie Stahl; wenn man es aus der Nähe betrachtete, gruselte man sich wegen seines vorsintflutlichen Aussehens. Zu der damaligen Zeit spielten die Spinnentiere häufig eine Rolle bei der Erziehung: die alten Frauen brachten den Kindern bei, dass die Gottlosen und auch die Gläubigen, die die täglichen fünf Gebete vernachlässigten, zur Stunde der Auferstehung in einen Brunnen hinabsteigen müssten, in dem sich Skorpione und Vipern schlängelten; auf diese Weise müssten sie sich rein waschen. Sie erklärten, man könnte sich nur von den Sünden befreien, wenn man Stiche und Bisse dieser Tiere vermieden hätte. Um den Kindern Angst zu machen, beschrieben die Frauen schaurige Szenen von unglücklichen Menschen, die eine Ewigkeit lang die Brunnenwände hinauf- und hinunterkrochen. Diese alten Berberinnen sprachen nicht arabisch; sie sagten, ein echter Muslim müsse diese Sprache aber kennen, sonst wäre er gezwungen, jedes Wort mit einer guten Tat abzugelten. Dieser Handel mit dem Jenseits beeindruckte und ängstigte die jungen Zuhörer.

Das kleine Mädchen schrie und krümmte sich auf dem Boden. Einige standen um die Kleine herum. Andere schwangen eine Fackel und suchten den Skorpion, aber er hatte sich schon unter den großen Steinen verkrochen.

- Holt Waranpulver und getrocknete Basilikumblätter, sagte jemand. Waran ist das beste Gegengift, das es gibt.

Dieses Heilmittel wurde vor allem in den Oasen der Sahara verwendet. Die am Rand der Wüste herumreisenden Nomaden vom Stamm der *Rguibats* und Wunderheiler erklärten sehr ausführlich die Anwendung, wenn sie die kleinen Sandwarane verkauften, die giftiger als die gefährlichste Schlange sind. Zuerst musste man sie trocknen, dann ihr Fleisch zerstampfen, bis es zu feinem Pulver wurde, das man auf die Wunden streute. Dieses Mittel machte das Gift der Reptilien und Skorpione unschädlich.

Das Mädchen wurde von ruckartigen Zuckungen geschüttelt. Von Zeit zu Zeit klagte die Kleine über starke Hitze, obwohl die kühle Nacht deutlich zu spüren war... und dann wieder fühlte sie, wie ihr ein eisiger Regen durch alle Glieder strömte. Abwechselnd phantasierte sie oder blieb regungslos, die Augen so blaugrün wie bei einem toten Zicklein.

Die Mutter, die man herbeigerufen hatte, nahm das Kind in den Arm. Sie war tapfer, denn sie weinte nicht, doch eine tiefe Angst grub sich in ihre Gesichtszüge. Sie wartete geduldig auf das Waranpulver, aber da das dauerte, riet man ihr, zu der alten Frau zu gehen, die welches besaß. Das tat sie auch.

Diese alte Frau wurde in der ganzen Gegend geachtet und man behauptete, sie sei eine Heilige. Sie hatte sich ein immenses religiöses Wissen angeeignet und sie wusste auch alles über Heilpflanzen, die sie pflückte, wo sie sie nur finden konnte. Sie versteckte sich nicht vor den Männern und verschleierte nicht ihr Gesicht, sondern pflegte mit ihnen Umgang. Sie unterhielten sich über gelehrte Dinge, im Gegensatz zu den einfachen Frauen. Sie beriet die Männer bei Ehestreitigkeiten und sie pflegte sie oft, wenn sie keine Arznei für ihre Leiden fanden. Im modernen Sinne war sie gleichzeitig Psychotherapeutin und Ordensfrau, die Falsch und Richtig unterscheiden und im Rhythmus des Universums leben konnte, ohne die Erde außer Acht zu lassen. Manche Leute verglichen sie mit der heiligen Lalla t'I'azza T'asemlalt, der Schutzpatronin der Ida Ou' Smlal, deren Heiligtum und Mausoleum an der Straße nach Tafraout hinter dem Pass von Afoud liegen. Jene andere Frau war eine Gelehrte, aber nicht in dem Sinn, wie Molière es meinte... Sie war weder affektiert noch eine Salonpuppe! Sie war eine Asketin im wörtlichen Sinn: eine Nonne, die man mit dem heiligen Augustinus vergleichen konnte, einem anderen Berber, der von den Geheimnissen des Orients ergriffen war.

Lalla t'I'azza T'asemlalt hatte ihre Wunderkraft darauf verwendet, die unter Hunger und Kriegen leidende Bevölkerung in weiten Teilen des Anti-Atlas zu heilen und zu unterweisen. Schade, dass sie in so barbarischen Zeiten gelebt hat! Sie wird indessen die unauslöschlichen Abdrücke ihrer kleinen Engelsfüße auf dem Boden der Erinnerung hinterlassen haben: Gesten, Worte, Taten, letztendlich bleiben sie wie Abdrücke von Fossilien, von denen es in der Erdkruste so viele gibt und mit deren Hilfe wir uns, ohne blind herumzutasten, im Gewirr der Zeiten zurechtfinden können.

Die alte Frau führte die Mutter und das Kind in ihr bescheidenes Heim. Es war ein kleines Haus zu ebener Erde, das seitlich auf einem rissigen, mit stacheligem Moos bewachsenen Felsen erbaut war. Es bestand aus mehreren Räumen und einem kleinen Hof, in dem der Esel lebte, der für die alte Frau unverzichtbar war, wenn sie sich fortbewegen wollte. Alle Zimmer gingen nach außen und jedes hatte eine aus einem Palmenstamm geschnitzte Tür. Eine blieb immer offen, damit die Eselin bei Gewitter dort Schutz finden konnte. Die Abgeschiedenheit verlieh dem Haus eine magische Kraft, doch trotz der Geheimnisse, aus denen es gemacht schien, verbreitete es einen tiefen Frieden.

Die Alte ließ Mutter und Kind in ein Zimmer eintreten, das wie eine Mönchszelle aussah. Als einzige Einrichtungsgegenstände gab es da nur einen kleinen runden Tisch und eine große Holztruhe mit unleserlich geschnitzten Arabesken. Fast überall Stapel alter Bücher, sorgsam verschlossene irdene Töpfe, Tintenfässer und Rohrfedern; ganz hinten ein Ziegenfell und ein schön geputzter Kaffeeröster, einziger Luxus in dieser armseligen Behausung.

Im fahlen Schein einer Lampe erkannte man einen Haufen verblichener Wäsche, Wolldecken und in einer Mauernische mehrere Gebetsketten aus mit Patina überzogenen Perlen.

Die Alte ging hinaus. Man hörte sie eine Tür öffnen und einige Gegenstände zur Seite räumen. Als sie schließlich mit einer Tasche unter dem Arm zurückkam, befahl sie der Mutter, die Kleine auszuziehen. Danach legte sie das Mädchen flach auf die Erde und begann, den Körper mit einer Flüssigkeit aus einem kleinen Fläschchen einzureiben. Dann strich sie eine braune Paste auf den Stich und verband die Stelle.

- Ich glaube, so geht es, sagte sie. Du legst sie in einem warmen Raum schlafen. In zwei Tagen wird alles vorbei sein.

Die Mutter stammelte ein paar Dankesworte, zog das Mädchen wieder an und verabschiedete sich.

Dieser Vorfall wurde unterschiedlich gedeutet. Einige sahen darin ein schlechtes Vorzeichen, umso mehr als er mit dem unvorhergesehenen Eintreffen des *Qaïd* zusammenfiel. Aber die schlauen Köpfe wischten mit einer kurzen Handbewegung diese Hirngespinste weg, denn sie waren auf alles gefasst in jenen Zeiten, wo Krieg und Unsicherheit wüteten.

Am nächsten Tag führte man nach dem Morgengebet zehn Ziegenböcke auf den Dorfplatz, die man am Vortag aus der gemeinschaftlichen Herde herausgenommen hatte. Männer schlachteten sie nach der Reihe und zogen ihnen das Fell ab, bevor das Dorf erwachte. Sie streuten auf die Blutlachen Asche und bedeckten die Exkremente mit Sand, um die Fliegenschwärme fernzuhalten. Abgemagerte Hunde streunten lange in der Gegend herum. Als man Steine nach ihnen warf, zeigten sie ihre scharfen Zähne und schienen wie Hyänen zu lachen. Es war ein ganzes Rudel, dessen Anführer kräftiger und wilder war als die anderen; sie warteten darauf, dass man ihnen den Rücken zukehrte, um einen ganzen Ziegenbock zu ergattern. Aber da die Leute aufpassten, einen knorrigen Knüppel in Reichweite, gaben sie sich mit glänzenden Eingeweiden und Stücken von Schlachtabfällen zufrieden. Sie schleppten mit wütendem Knurren ihre magere Beute ab, dann liefen sie ins Gebirge zurück.

Als die Frauen begannen, in den großen Kupferkesseln, die man nur bei besonderen Anlässen hervorholte, das Essen zuzubereiten, waren auch die Katzen zur Stelle. Sie liefen von Haus zu Haus auf der Suche nach Fleisch, aber niemand scherte sich darum. An diesem Tag hatte der *Fqih* den Kindern schulfrei gegeben, so dass man sie überall Äste und Stöcke schwenkend herumlaufen sah. Einige schlugen sich um eine Ziegenblase, die die Hunde auf wundersame Weise verschont hatten, und beschimpften sich heftig. Alle trugen eine Tunika aus grober Wolle und einen Zopf. Nur die Mädchen halfen beim Kochen.

Agoun'chich und der Schänder waren schon lange auf. Der *Qaïd* war zu ihnen ins Zelt gekommen. Sie hatten zusammen Tee und Maisfladen mit Honig gefrühstückt und unterhielten sich angenehm, während sie auf das Mittagessen warteten, mit dem das Fest beginnen sollte. Der ebenfalls anwesende *Raïs* erzählte deftige Anekdoten und berichtete dem *Qaïd* vom kürzlichen Besuch eines Betrügers, der die Befehlsgewalt über den Stamm für sich beanspruchte.

- Wir haben ihn rücksichtslos weggejagt, sagte er. Nur weil er Hals über Kopf geflohen ist, ist er mit dem Leben davongekommen.

Der *Qaïd* kannte diese Art Usurpatoren, die sich fast berufsmäßig schlecht organisierte Stämme unterwarfen, wenn eine unbestrittene Autorität fehlte. Daher maß er dem Besuch nur geringe Bedeutung bei. Er stellte dem *Raïs* Fragen zum Dorfleben, zu Todesfällen, Geburten und Ernten, dann ließ er den *Fqih* und die Ältesten rufen, die in allen Punkten die Antworten des Dichters bestätigten. Darauf ließ man die jungen Männer kommen, die in ein religiöses Institut geschickt werden sollten, und psalmodierte bis zum Festmahl Koransuren. Der *Fqih* erläuterte lange die Sure, die von Joseph und seinem glänzenden Exil und hohen Amt in Ägypten berichtet. Er verglich die Hungersnot von damals mit der, die erbarmungslos die Bevölkerung in den Randgebieten um die Sahara dahinraffte; zum Schluss sagte er, es werde unter dem Joch eines fremden Herrschers einen Jahrzehnte andauernden Frieden geben. Bei diesen Worten protestierte der *Qaïd* vehement; er sagte, es sei besser, im Kampf unterzugehen, als wohlgenährt, aber ohne Würde unter der Knute des Eindringlings zu leben.

Man servierte im Zelt riesige Mengen Fleischragout und mehrere hundert Gläser Tee. Plötzlich stürmte ein unerwarteter Gast heran, ein merkwürdiger, umherziehender Vielfraß. Er war in der ganzen Gegend bekannt und berühmt für seinen unersättlichen Appetit. Man machte sich über ihn lustig, servierte ihm aber immer ausgewählte Fleischstücke, so oft er wollte. Trotz seiner riesigen Gestalt war er harmlos und man nannte ihn den Steinbruch, weil er an der Stelle eines Magens eine Grube hatte. Seine Kleider waren nichts als bunte Lumpen und wimmelten von Läusen. Daher erlaubte man ihm nicht, sich dem Zelt des *Qaïd* zu nähern. Er hatte sich also abseits, weit von allen entfernt, auf einen länglichen Stein gesetzt... Mehrmals nacheinander brachte man ihm die Fleischreste aus den Kesseln, runde Brote, dann nichts mehr... aber er war glücklich und brachte die Kinder zum Lachen. Als er seine gigantische Mahlzeit beendet hatte, ging er los und genehmigte sich in einem der dunklen Räume der Moschee ein Schläfchen.

Die anderen Gäste trennten sich, um ebenfalls einen Mittagsschlaf zu halten, denn man dachte, das Fest würde, erst weitergehen, wenn die bleierne Hitze des Tages vorüber wäre.

Genau in dem Augenblick hörte man ein fernes Brummen. Es jagte den Leuten einen Schrecken ein, so dass Agoun'chich und der Schänder eilig ins Freie liefen. Sie schauten nach oben und sahen über den Bergen drei Flugzeuge. Die beiden gaben mehrere Schüsse ab, um die fliegenden Teufel abzuschrecken... Die kräftigen Männer verließen ihr Haus und schleppten Frauen und Kinder zu den Verstecken aus aufgetürmten Felsen... Agoun'chich, der *Qaïd* und der Schänder rannten, gefolgt von einigen Kriegern, hinter Arganienbäume und hielten ihre Waffe zum Himmel gerichtet. Die Flugzeuge schossen heran und warfen Bomben ab, die mit einem ohrenbetäubenden Lärm die Festung auf der einen Seite zum Einsturz brachten. Riesige Flammen loderten auf und eine große Staubwolke bedeckte die Gegend.

Die tapferen Männer legten an und schossen auf die Flugapparate, aber die Piloten drehten eine höllische Runde, bevor sie weiterflogen und dann verschwanden... Sie hatten bloß einen heiligen Schrecken verbreitet! Nur die eine Wand der Festung war beschädigt. Als einziges Opfer war ein Esel zu beklagen, der im Feuersturm getötet worden war. Allerdings wusste man, dass diese Bombardierung als Warnung zu verstehen war. Die Kolonialherren wollten die Bevölkerung einschüchtern, um die Stammesoberhäupter dazu zu bringen, eine bedingungslose Kapitulation zu unterzeichnen.

Bestimmte Bergdörfer hatten schon die Waffen gestreckt. Man betrachtete sie als Verräter und Feiglinge, obwohl man ganz genau wusste, dass sie gegen die hoch gerüsteten Besatzungssoldaten aus ihren eigenen Clans keinerlei Chance hätten... Das Gebiet war mit Phosphorbomben dem Erdboden gleich gemacht worden, bevor die einfallende Armee gegen ihre Stellungen vorrückte. Nur einige Unbeugsame waren in den Untergrund gegangen und legten weiterhin mörderische Hinterhalte... Die Kolonialherren bauten Wege – überall, wo sie einmarschierten... Sie besetzten die eroberten Gebiete und ernannten dort zuverlässige, vom Militär kontrollierte *Qaïd*s. Aber sie respektierten die Sitten und Gebräuche eines jeden Stammes und brachten in ihrem Gepäck Lebensmittel und Medikamente mit. Das erleichterte ihnen das Einmarschieren außerordentlich. Immer öfter sagte man hinter vorgehaltener Hand, es sei besser, mit ihnen zu verhandeln, als weiter als Rebellen zu leben. Doch die wichtigen *Qaïds* im Grenzgebiet verstanden sich untereinander nicht gut genug, um zu einer dauerhaften Einigung zu kommen...

Mitten am Nachmittag kam ein Kurier im Dorf an. Man führte ihn umgehend in das Zelt, wo erneut der *Qaïd*, seine beiden Gäste und die Ältesten versammelt waren. So erfuhren sie, dass andere Ortschaften bombardiert worden waren und alle Stämme aus den Hochtälern sich auf eine gemeinsame Aktion vorbereiteten, denn man meldete das Vordringen der Legionäre in die Ebene. Bei dieser Gelegenheit forderte man den *Qaïd* auf, sich zum Stamm der Aït Abdallah zu begeben, um gleichrangige Würdenträger zu treffen.

Nach einer kurzen Beratung mit den Ältesten nahm er die Einladung an. Agoun'chich und der Schänder warteten nicht erst auf das Angebot, ihn zu begleiten; sie ergriffen die Gelegenheit und schworen, sie hätten bei den Aït Abdallah viel zu tun. Damit erfüllten sie die geheimen Wünsche ihres Freundes.

- Aber das Fest ist ja noch nicht zu Ende, sagte der *Qaïd*. Heute Abend wird noch getanzt und gesungen. Und morgen ist wieder Krieg.

Es war kein richtiger Krieg. Einerseits war militärisch alles geregelt: eine ihrer Sache sicherer Kolonialmacht eignete sich systematisch das Land an. Andererseits waren da rebellische Stämme, die sich kurz zuvor noch erbarmungslos gegenseitig umgebracht hatten, in Aufruhr geraten. Es gab daher im Land eine mächtige und schlagkräftige Armee und auf der anderen Seite unkoordinierte Aktionen von schlecht ausgerüsteten Guerillas ohne Ideologie und ohne Führung. Sie hatten nur das Ziel, ärmliche Streifen Land zu verteidigen, als ob es lediglich darum ginge, eine Horde ausgehungerter Nomaden vom Gebirge zurückzudrängen.

Zum ersten Mal seit den großen Dynastien der Vergangenheit würde man zusammenkommen und gemeinsam Entscheidungen treffen, die, wenn sie auch spät kamen, doch nicht weniger wichtig waren im Hinblick auf einen künftigen Zusammenschluss des Landes. Jedes Mal, wenn eine Bedrohung von außen auf den Bergbewohnern lastete, war das so; wenn sie dann vorüber war, verfiel man sehr schnell wieder in die sinnlosesten Auseinandersetzungen.

Diesmal würde die Geschichte mit dem großen Besen über Widerstandsnester verfeindeter Stämme hinweggehen. Man würde trotz allem in die moderne Welt eintreten; sie strömte ja schon durch die halb offenen Breschen herein, die der Einfluss des Nordens geschlagen hatte. Die Bergbewohner würden dann ganz sicher alles verlieren, bis hin zu ihrer Identität, was die Alten hartnäckig verweigerten.

Die Diaspora der Berber begünstigte unweigerlich das Hereinstürzen dieser Welt in die hintersten und abgelegensten Ecken des Atlas. Sie brachte neue Ideen, eine andere Lebensweise, kurz: sie importierte ihre völlig andere Kultur in die letzten Winkel archaischen Lebens. Selbstverständlich konnte man seine Grundwerte bewahren und trotzdem durch den Kontakt mit anderen Zivilisationen seine Identität erweitern und vertiefen. Aber keinesfalls sollte man sich systematisch anpassen, denn dann bestünde auch die Gefahr, dass ein bestimmtes Denken, eine Sprache und eine Kultur in ihrer Entwicklung zurückgedrängt würden.

Diese Gedanken hatten die Vorfahren gegenüber den Eindringlingen hart verteidigt, die während ihrer langen Geschichte in ihr kulturelles Erbe eingegriffen hatten. Die Berber verlernten ihre Schrift und zum großen Teil ihren Wortschatz, denn das Bemühen der Kolonisatoren war, ihnen ihre Identität zu nehmen und sie ihrer Wurzeln zu berauben. Anders gesagt: sie versuchten radikal, die Berber zu Männern einer Rasse zu machen, zu der sie nicht gehörten; als ob man einen Seeadler in eine Seeschlange verwandeln könnte. Instinktiv erinnerten die Berber sich daran, dass sie eine große Nation gewesen waren und eine reiche Zivilisation geschaffen hatten, die durch irgend eine längst vergessene Katastrophe brutal ausgelöscht worden war. Für das Berbervolk war seine derzeitige Lethargie nur ein unglückliche

Phase. Deswegen wollte es nichts von sich selbst verlieren. Es war einer Katastrophe entkommen und würde wieder erstarken, und wenn es auch Jahrtausende dauern würde.

Das Fest war nicht unterbrochen worden. Nach dem Festmahl am Abend tanzte eine Gruppe weiß gekleideter und mit Silberschmuck behängter junger Mädchen im Kreis um drei Männer herum, die mal in langsamem, mal in schnellerem Takt das Tamburin schlugen. Außerhalb des Kreises trommelte ein Tamburinspieler eine dumpfe Musik, die im Gebirge widerhallte. Die Männer sangen alte Weisen, die der Chor der Mädchen mit ihren hohen Stimmen wiederholte. Von Zeit zu Zeit schoss jemand eine Salve in die Luft und stieß einen langen Kriegsruf aus, den die Trommelwirbel noch steigerte.

Der *Qaïd* war besorgt wegen der Vorkommnisse und wegen seiner Reise und äußerte sich im Zelt zur Lage. Er hatte mehreren Kriegern befohlen, sich bereit zu halten, da sie beim ersten Tageslicht aufbrechen würden. Diese Eskorte sollte bis zu den Zähnen bewaffnet sein, um für alle möglichen Vorkommnisse gewappnet zu sein, denn der Weg durch Berg und Tal würde lang sein und voller möglicher mörderischer Hinterhalte.
- Wir dürfen nichts außer Acht lassen, wiederholte er unablässig. Wir haben von den Legionären nichts zu befürchten; sie wissen nichts von unseren Plänen und kennen nicht die Wege im Gebirge; aber vor Räubern müssen wir auf der Hut sein.

Außer Agoun'chich und dem Schänder sollten zehn unter den erfahrensten Kriegern ausgewählte Männer den *Qaïd* begleiten. Während seiner Abwesenheit würde das Dorf gut bewacht. Alle jungen Männer über siebzehn Jahre konnten mit einer Feuerwaffe umgehen. Nie verfehlten sie ein bewegliches Ziel. Mit fünfzehn Jahren hatten sie schon schießen, jagen und spartanisch zu leben gelernt. Sie waren in der Lage, sich zu verteidigen und im Falle eines Angriffs die Ihren zu beschützen. Man hatte beschlossen, Lebensmittel und Wasser für eine Woche mitzunehmen: vier schwer beladene Maultiere würden ausreichen.

Nachdem er die Reise bis in alle Einzelheiten geregelt hatte, befahl der *Qaïd* den Ältesten, auf Disziplin zu achten:

- Verdoppelt die Wachen, wenn es sein muss. Lasst niemand unter irgendeinem Vorwand herankommen, bevor ihr nicht wisst, wer es ist. Bewaffnete Männer sollen die Frauen aufs Feld begleiten. Das Gleiche gilt für das Wasserholen. Flüchtet euch beim leisesten Flugzeuggeräusch zwischen die Felsen. Wir dürfen nicht ein einziges Menschenleben verlieren.

Die Alten wussten, woran sie sich in der Angelegenheit zu halten hatten. Was die Disziplin betraf, waren sie unnachgiebiger als die meisten Jungen. So konnten sie den *Qaïd* ohne weiteres beruhigen. Sie tranken noch einige Gläser Tee und gingen dann weg.

- Agoun'chich, sagte der *Qaïd*, ich muss dir die schönste Stute schenken, die ich besitze, denn du bist ein treuer und tapferer Freund. Erlaube, dass ich dir das gebe, was mir am teuersten ist.

- Du überraschst mich, mein Freund, sagte Agoun'chich. Ich werde dieses Geschenk nicht annehmen, was auch immer geschieht. Ich hänge zu sehr an meiner alten Mauleselin, meiner Gefährtin in guten wie in schlechten Tagen, als dass ich ihr ein anderes Reittier vorziehen würde. Ich werde mich um keinen Preis der Welt von ihr trennen.

Der *Qaïd* brach in Lachen aus, und genauso der Schänder, der wusste, wie viel Wert Agoun'chich auf sein Maultier legte.

- Meinetwegen! Aber tu mir den Gefallen, etwas anderes von mir anzunehmen. Zum Beispiel eine Eheverbindung.

- Das ist nicht möglich. Ich bin nur ein Heimatloser. Ich werde niemals heiraten.

- Naja, schade! So bist du freier als wir armen Leute, die an diesem nackten Fels hängen.

- Das wertvollste Geschenk, das du mir machen kannst, ist deine Freundschaft, sagte Agoun'chich.

- Sie gehört dir schon, sagte zum Schluss der *Qaïd*.

Agoun'chich, der Schänder, der *Qaïd* und seine Eskorte verließen im ersten Morgengrauen das Dorf. Von den Feuern des Vortags stiegen noch graue Rauchkringel auf. Nur die Ältesten waren bei der Abreise anwesend. Es gab noch Segenswünsche, man steckte die Köpfe zusammen und flüsterte; dann trennte man sich ohne große Gemütsbewegung, wobei Agoun'chich und der Schänder die kleine Expedition anführten, in deren Mitte die Lasttiere liefen.

Am Himmel waren breite rote Streifen, Vorspiel zu einem neuen Tag, der genauso heiß wie die vorherigen werden würde. Nach dem Dorf gab es kilometerweit ringsum nicht die kleinste Siedlung. Als einzigen Schutz vor der entsetzlichen Hitze gab es nur den Schatten weniger Arganien, Johannisbrot- und wilder Olivenbäume, die mehr oder weniger überall wuchsen, weil sie der Trockenheit im Sommer und den Dürrejahren trotzten. Die Reisenden mussten tiefe Sandmulden durchqueren, mühsam bergauf reiten, wieder an den steilen Felswänden entlang, dann wieder bergab und immer so weiter, bis zum Ziel. Gewiss würden sie auf den Bergspitzen sitzende oder tief in die Täler eingezwängte Dörfer sehen; doch um dahin zu gelangen, müssten sie zusätzliche Mühen auf sich nehmen. Daher hatten sie geplant, nur Halt zu machen, wenn sie sich stärken, ausruhen oder ihre Tiere füttern müssten. Da an ihrem Weg *Souks* lagen, hatten sie beschlossen, dort anzuhalten, um wichtige Auskünfte einzuholen und in einer bekannten Garküche eine Mahlzeit zu sich zu nehmen.

Am Mittag sahen sie in der Ferne eine Ansammlung von Trümmern, aus denen der Turm eines Minaretts auftauchte. Das war der Ort L'Jama'a Aqdim (die Alte Moschee): einer der meistbesuchten *Souks*, wo man in diesen Zeiten von Hungersnot und Leiden Vieh, Getreide, Datteln, Mandeln und Gemüse verkaufte. Die Leute hatten Geld, aber nichts zu essen. Sie kamen daher von weit her, um Lebensmittel einzukaufen, die von noch weiter her gekommen waren.

- Irgendwas stimmt nicht, sagte der *Qaïd* zu Agoun'chich. Gib mir dein Fernrohr.

Sie hielten einen Augenblick an, um die Ferne abzusuchen.

- Man könnte glauben, die da hinten seien bombardiert worden. Überall liegen Tierkadaver und viele Trümmer. Das wollen wir uns mal genauer ansehen.

Der *Qaïd* gab Agoun'chich sein Fernglas wieder und sie setzten ihren Weg fort bis zum *Souk*... Dort herrschte fieberhafte Betriebsamkeit... Die Überlebenden liefen in alle Richtungen. Überall lagen Zelte direkt neben zerfetzten Tieren, die verblutet waren... Durcheinander gewirbelte Gegenstände, verdorbene Lebensmittel... Die meisten Läden waren zerstört, aber die Moschee war am schwersten getroffen. Sie war zur Gebetsstunde bombardiert worden. Es hatte Dutzende von Toten und Verwundeten gegeben. Von allen Gebäuden war nur das Minarett stehen geblieben, wie eine Herausforderung an den Himmel, von wo der Tod herabgestürzt war. Man hörte das Stöhnen der Verletzten, die man nur eben gerade unter die Kolonnaden gebracht hatte, um sie vor der Sonne zu schützen... und das unerträgliche Schreien der verendenden Tiere drang in einer langen düsteren Klage durch die siedende Luft. Helfer kümmerten sich spontan hier und da um dir Verletzten, vollkommen sinnlos. Auf der anderen Seite des *Souk*, in der Nähe des Bachs, hatte man eilig zwei große Gruben ausgehoben, eine für die Menschen und eine für die Tiere, weil man Angst vor einer Seuche hatte. Freiwillige luden die Leichen in Netze. Sie legten sie ungeordnet übereinander, schleuderten sie in das tiefe Loch und schütteten karrenweise ungelöschten Kalk darauf. Da man nicht alle Toten waschen und einzeln bestatten konnte, gab man sich damit zufrieden, für sie das Märtyrergebet zu sprechen, bevor man sie begrub.

Dieses entsetzliche Schauspiel erschütterte Agoun'chich und seine Gefährten. Noch nie hatten sie ein solches Blutbad gesehen, obwohl sic an dic gcfährlichstcn Kämpfe gewöhnt waren. Aber da hatte ja kein Kampf stattgefunden! Man hatte von oben schutzlose Wesen getötet, wobei man vor jeglicher Strafe sicher sein konnte. Die Opfer hatten natürlich versucht, die Flugzeuge mit ihren Gewehren abzuschießen, aber sie hatten nicht die richtigen Waffen und waren auch nicht für einen modernen Krieg geschult. Sie mussten die Katastrophe ertragen, ohne etwas tun zu können, weit entfernt von den Augen der Welt und der europäischen Nationen, die schon in höchster Erregung den Zweiten

Weltkrieg vorbereiteten. Diese kriegerischen Länder waren gierig nach Geld und verrückt nach gefährlichen Abenteuern. Für sie waren die kolonisierten Völker von Indochina, Schwarzafrika oder von anderswo, wie die unbezwungenen Stämme im Süden Marokkos, nichts anderes als Sklavenvölker, die sie mit Bomben, Kanonen oder Knüppeln gefügig machen konnten. Ihr einziges Credo war die Unterdrückung. Hatten sie etwa nicht schon oft die Forderungen ihrer Arbeiter niedergeknüppelt und jedes Streben nach sozialem Fortschritt zum Stillstand verdammt? Diese von Bourgeoisie und Kapitalismus beherrschten Länder würden sich ihrerseits bald gegenseitig ausbluten im gigantischsten Krieg, den die Menschheit jemals gekannt hat.

Agoun'chich erkannte, wie sehr diejenigen, die behaupteten, zivilisiert zu sein, in Wirklichkeit wilde Bestien waren. Sie folgten weiterhin ihrem Instinkt sich durchzusetzen, so dass sie wie eine Herde wild gewordener Gorillas handelten. Sie hatten im philosophischen Sinn nicht mehr Willensfreiheit als eine Wanderameise. Sie mussten immer ihr Jagdrevier ausweiten. Und wehe denen, die ihnen im Weg waren! Bei dieser wahnsinnigen Jagd nach Überfluss nahmen sie wenig Rücksicht auf das Leben der anderen und scherten sich nicht um die Gegebenheiten der Natur.

Agoun'chich wusste genau, dass diese Angreifer den *Imgharen*, ihren Verbündeten, Waffen geliefert hatten, die sie an Kämpfer in den Bergen für 400 Hassan-Reals weiterverkauften, um Streit und Zwietracht innerhalb der Stämme zu fördern: ein Vorwand, um auf dem Umweg über die so berühmte „Befriedung“ militärisch einzugreifen. Diese *Imgharen* schlugen zwei Fliegen mit einer Klappe: Sie wurden schnell reich, indem sie zu hohen Preisen Gewehre verkauften, die sie kostenlos erhalten hatten; und außerdem waren sie als Agenten für Propaganda und Indoktrination der Kolonisatoren sicher, in der künftigen Regierung ihren Posten zu behalten. Um eine Vorstellung zu haben, was ihnen allein der Verkauf eines Gewehrs einbrachte, muss man wissen, dass eine Kuh damals einen Hassan-Real kostete. Anders ausgedrückt: der Preis eines Gewehrs entsprach dem von 400 Kühen.

Agoun'chich, der Schänder, der *Qaïd* und die Begleiter verbrachten einen großen Teil des Nachmittags damit, den Schwerverletzten Hilfe zu leisten. Man berichtete ihnen, dass senegalesische Schützen und von französischen Offizieren befehligte marokkanische Einheiten der französischen Armee seit einigen Tagen im *Souk* der Aït Baha eine Garnison liegen hatten und dass die Pioniere des Militärs eine Straße bauten, die früher oder später bis nach Tafraout führen würde. Sie erfuhren auch, dass alle Bergstämme die Täler pausenlos überwachten. Die Eliteschützen waren dauerhaft auf den Bergkämmen postiert, um die Pläne des Gegners zu durchkreuzen. Wer auch immer unangemeldet die engen Schluchten benutzen würde, würde den Tod riskieren. Der *Qaïd* musste also zwei Meldegänger losschicken, um die Späher zu informieren, dass er und seine Begleiter auf dem Weg zu den Aït Abdallah waren; so würden sie ungehindert passieren.

Nicht alle Tiere waren verscharrt worden. Die Esel und Maultiere mussten vom Marktplatz entfernt werden. Da man sie nicht tragen konnte, musste man sie an Stricken bis zu den Ställen schleifen, wo schon andere tote Reittiere lagen. Man hatte sie den gierigen Schnäbeln der Geier überlassen, die sich auf dem Aas ein Stelldichein gaben. Sogar die Hunde, die sich gewöhnlich in der Nähe der Schlachthäuser herumtrieben, hatten sich da eingefunden und stritten sich mit den Raubvögeln heftig um die blutigen Fleischfetzen. Ihr wildes Knurren übertönte das Flügelschlagen der Vögel. Hunderte von Raben saßen unbewegt, wie versteinert auf den niedrigen Mauern der Ställe und den Dächern der angrenzenden Baracken. Sie warteten, bis die Hunde und die Geier sich vollgefressen hätten, um sich ihrerseits auf die Kadaver zu stürzen. Jemand hatte gleich einige Hunde und Geier getötet, um sie daran zu hindern, die unversehrten Tiere anzugreifen, die von soviel Blut scheu geworden waren. Da aber immer noch von überall viele Hunde und Geier kamen, brachte man die Reittiere lieber in geschlossenen Räumen in Sicherheit, anstatt wertvolle Patronen zu verschwenden.

In der Abenddämmerung berieten der *Qaïd* und seine Freunde, ob sie nachts weiter reiten sollten oder nicht. Die Sonne würde im nächsten Augenblick untergehen und weil kein Vollmond war, zogen sie es vor, die Nacht nicht zu weit entfernt vom *Souk* in Einzelzelten zu verbringen. Doch sie schliefen nicht wirklich. Das Geheul der Schakale und Hunde, die sich gegenseitig tot bissen, um in den Besitz der Tierkadaver zu kommen, ließ in ihrer Fantasie noch einmal alle Bilder des Massakers vorüberziehen. Im Halbschlaf sah Agoun'chich sich mitten auf einem großen, in ein bleiches Licht getauchten Friedhof. Die Gräber öffneten sich und ließen Köpfe ohne Leiber und mit von Würmern übersäten Wangen zum Vorschein kommen. Jeder Wurm verwandelte sich in ein furchterregendes Maul, dessen Kiefer noch mehr aus der Erde aufgetauchte Schädel zermalmte.

Agoun'chich fühlte sich so allein, dass er fliehen wollte, doch er konnte keinen einzigen Schritt tun. Er versuchte, seinen Revolver zu ziehen, aber als er an das Halfter griff, spürte er bloß seine nackte Haut. Das makabre Festessen war mit einem Schlag vorbei. Statt der Schädel und der Mäuler tauchten Unmengen von Reptilien auf, krochen auf ihn zu und bedrängten ihn von allen Seiten. Er machte große Anstrengungen, sich vom Boden zu lösen; es schien ihm, als sei er mit ihm verschweißt, denn seine Beine gehorchten nicht mehr den Impulsen des Gehirns. Er glaubte einen Augenblick lang, tot zu sein, doch er verspürte keinerlei Traurigkeit. Sein Hintern war wie versteinert, wie gefroren von einem galaktischen eisigen Hauch, der ihn unmerklich durchdrungen hatte. Die Reptilien waren vorwärts gekrochen und bildeten einen bedrohlichen Kreis um ihn. Ihre Schuppen standen in Flammen. Plötzlich fühlte er, wie er größer wurde; er wuchs nach und nach dem Himmel entgegen und beherrschte durch seine Größe die unendliche Fläche des Friedhofs. Eine ganz sanfte Stimme rief ihn, doch er konnte nicht antworten. Allerdings wusste er, dass es die Stimme seiner Schwester war. Dann sah er sie... Sie saß mitten in einem riesigen Raum und weinte. Sie hatte schon so viel geweint, dass sie in ihren Tränen zu baden schien.

An der rechten Seite hatte sie immer noch eine blutrote Wunde, dieselbe, die ihr den Tod gebracht hatte. Diese Vision brachte Agoun'chich so sehr in Aufruhr, dass er aus dem Schlaf aufschreckte. Er war schweißgebadet. Da er nicht wieder einschlafen konnte und auch gar nicht wollte, trat er aus dem Zelt, um die laue Nachtluft einzuatmen. Außer dem Himmel, den die Sterne mit funkelndem Pulver bedeckten, war alles dunkel. Die dichte Finsternis verstärkte sich durch das disharmonische Konzert von tausendfachem Rufen, Knurren und schrillen Schreien, die an den Felsen widerhallten.

Um diese Stunde muss der Stall praktisch gesäubert sein, sagte er sich, obwohl er zwischen all den Geräuschen um sich herum hören konnte, wie die Raubtiere bei ihrem Festschmaus mit ihren Mäulern fast lautlos nach dem Fleisch schnappten. Er liebte diese dunklen Nächte, wo er auf dem Boden sitzend oder im Stehen – das war ihm gleich! – meditieren konnte, denn nichts und niemand störte ihn dabei. Da fühlte er sich vollkommen im Einklang mit den Lebewesen und den Dingen. Er war überzeugt, dass eine unaussprechliche Brüderlichkeit ihn sogar mit den Schakalen verband und selbst mit den Insekten, die genauso ihren Hunger auf Leben stillten und genauso ihren Durst löschten an der gleichen, in finsterer Vorzeit versiegten Quelle. In solchen Augenblicken konnte er sich den wilden Tieren nähern, ohne das Bedürfnis zu verspüren, sie zu töten oder zu jagen. Auch sie flohen nur selten, wenn er näher kam; sie taten so, als ob sie ihn nicht sähen oder seine Anwesenheit für normal hielten.

Der Krieg, der bald das ganze Gebirge bis zum Rand der Sahara in Brand stecken würde, beunruhigte Agoun'chich nicht über die Maßen, denn für ihn gab es keinen Platz in dieser Welt. Er spürte undeutlich, dass er nicht lange genug am Leben bleiben würde, um zu erwägen, sich irgendwo niederzulassen. Er dachte wieder an das Angebot des *Qaïd*, der ihm vorgeschlagen hatte, sich zu verheiraten; er lächelte traurig, als ob irgendetwas, eine Warnung von irgendwoher, ihm vorgeschrieben hätte, nichts dergleichen zu tun. Er hatte die Vorahnung, dass Männer seines Schlags, frei wie die Königsadler, verschwinden müssten. Man würde ihre legendäre Freiheit mit einem Federstrich auf allen Seiten des großen Geschichtsbuchs streichen. Von ihnen bliebe nur ein vager, flüchtiger, unwiederbringlicher Mythos (die wesentlichen Teile ihres Lebenspuzzles wären längst verbrannt wie so viele gefürchtete Archive). In der künftigen Welt wäre kein Platz für Abenteurer, Männer der Ehre, die kraft ihrer Intelligenz die frühe Menschheit aus dem geologischen Labyrinth herausgeführt hatten; kein Platz für Sträflinge der Wahrheit und für alle Gerechten. Es wäre das Reich der Mittelmäßigen, der Materialisten und Feiglinge.

Verrat oder Verfall, dachte Agoun'chich. Das Beispiel jener verräterischen, von vertrauensseligen Stämmen gewählten *Imgharen* war ein untrügliches Zeichen dafür, dass künftige Zeiten alle alten Werte verachten und ablehnen würden. Wenn das Gewitter vorüber wäre, würde von diesem geliebten Gebirge nur noch das Relief der Felsen übrig bleiben. Es ginge vom Gebirge nicht mehr dieser unvergessliche Friede aus, dem Agoun'chich sich in der größten Einsamkeit hingegeben hatte. Er würde es nicht mehr mit denselben Augen sehen. Es würde plötzlich Teil der normalen Welt des Konsums wie eine gewöhnliche Ware. Das Einfallen fremder Menschen wie auch aller Eroberer würde auf Dauer die Mentalität und die Landschaften radikal verändern. Die Leute von hier würden erneut auswandern; ihr Blut würde sich mit dem anderer Völker auf diesem Planeten vermischen und sie würden am Ende vergessen, woher sie stammen. Diejenigen, die zurückkämen, hätten keinerlei Achtung mehr vor der Gegend, in der sie zur Welt gekommen waren. Sie würden die Ärmsten von ihren Äckern verjagen, um statt der widerstandsfähigen Arganien Touristenanlagen und Luxusvillen zu bauen. Parallel zu dem Leben von Luxus und Farniente würden weiterhin erbärmliche Gestalten zwischen den Felsen in den alten Steinhäusern herumkriechen, den scheußlichen Tiere in seinen Träumen gleich. Von allen Seiten würden die Symbole aus alten

Zeiten scheel angesehen, denn die Emporkömmlinge würden sie verachten als etwas längst Vergangenes, das sie mit lästiger Beharrlichkeit an bittere Erlebnisse erinnerte. Sie würden sich nackt und verletzlich fühlen unter ihrem Panzer aus Beton, in den nur der Tod einsickern kann. Wie sehr hätten sie sich gewünscht, dass der Sturm die alten Häuser für immer wie Staub weggeweht hätte! Wie gern hätten sie sie mit einem Zauberstab dem Erdboden gleich gemacht, um sie nicht jeden Morgen betrachten zu müssen!

Agoun'chich sah diese und andere schreckliche Visionen im Geiste langsam und schmerzhaft vorüberziehen. Die trügerische Ruhe der Sommernacht vermochte nicht die Bitterkeit zu verjagen, die ihn nach und nach ergriff. Alles, was er gekannt und wofür er gekämpft hatte, würde verschwinden. Mir bleibt auf dieser Welt nichts mehr zu tun! sagte er sich, wobei er aber wusste, dass er bis zum Tod kämpfen würde.

Auf der Versammlung der Stammesoberhäupter bei den Aït Abdallah ging es hoch her. Es gab ziemlich viele Abtrünnige, da einige *Qaïd* meinten, es würde sich mehr auszahlen, wenn sie direkt mit den Kolonisatoren verhandelten und so den Schein von Autorität wahrten, anstatt das Abenteuer eines aussichtslosen Krieges fortzuführen. Sie zwangen die Ihren, den Besatzern ihre Waffen auszuhändigen, schritten aber nicht gegen die aufständischen Stämme ein. Nach dieser Versammlung umzingelte die französische Armee die Aït Abdallah und schlug sie. Sie unterzeichnete einen Friedensvertrag mit dem örtlichen *Qaïd*, der seinen Posten behielt, dann zog sie weiter in Richtung Tafraout. Dort gab es keinerlei Kampfhandlungen. Alle erwiesen dem Sieger die Ehre und niemand behielt seine Waffen außer den *Imgharen* und den *Qaïds*... und natürlich einigen Desperados vom Kaliber Agoun'chichs, die sich niemals unterworfen haben. Der Schänder wurde der Scheich der Ammeln, blieb es aber nur sehr kurze Zeit. Allerdings war es ihm erlaubt, ein Jagdgewehr mit fünf Schuss zu tragen. Agoun'chich war nun allein. Er konnte nicht mehr in den *Souks* auftauchen, denn man hatte zwar kein Kopfgeld auf ihn ausgesetzt, aber man war überall hinter ihm her und er musste sich verstecken, um dem Tod zu entgehen. Seine alten Feinde hatten nicht aufgegeben. Wie vorher lebte er in Höhlen und schoss auf sie, um den Tod seiner Schwester zu rächen. Es gab Wild in Hülle und Fülle, so dass er sich von der Jagd ernährte. Er hatte nur Angst, die Munition würde ihm ausgehen, denn man konnte nirgends welche kaufen.

Was tun, um mir welche zu beschaffen? fragte er sich. Beamte töten? Einen Wachtposten angreifen? Das ist zu gefährlich.

Daher verbrauchte er keine Patrone mehr ohne triftigen Grund. Er benutzte lieber seinen Dolch oder stellte Fallen, um das Wild zu fangen, das er zum Leben brauchte. Er ging zwar noch in *Souks*, aber nur als blauer Mann (Berber) oder als Bettler verkleidet. An den Tagen, an denen viele Leute kamen, ließ er sein Maultier im Gebirge zurück und nahm nur ein bisschen Geld, sein Messer und seinen Revolver mit in den *Souk*. Er war entschlossen, seine Haut teuer zu verkaufen, wenn ein lästiger Typ ihn unter all den zerlumpten und barfüßigen Gestalten erkennen würde. Seit dem Einfall der Franzosen sahen die *Souks* anders aus. Es waren Verwaltungsgebäude und größere Läden errichtet worden. Unmerklich änderte sich auch die Landschaft. Je mehr da das Leben pulsierte, desto schöner wurde sie. Automobile waren in den Dörfern aufgetaucht. Die Ausgewanderten waren plötzlich reich geworden. Sie bauten große Häuser und umgaben sie mit hohen, dicken Mauern. Üppige Gärten bildeten einen Kontrast zu den ausgetrockneten Tälern. Sogar das Wasser vom Himmel hatte sich dazugesellt. Bei den Sturzbächen und den kleinen Rinnsalen trat das Wasser über die Ufer, die Äcker wurden grün. Wie von Zauberhand war alles gediehen und das immerwährende Elend und die Trockenheit, Grund für die Kleinkriege von früher, waren weggewischt worden.

Agoun'chich bemerkte diese Verzauberung, wenn er mit seinem Fernglas den Horizont beobachtete. Obwohl er oft eine innere Leere verspürte, wollte er niemals diesen Emporkömmlingen gleichen, die so ungeniert ihre Herkunft verleugneten. Er wollte lieber ein Heimatloser sein, aber ein Heimatloser, der durch unendliche Visionen geadelt wurde. Von Zeit zu Zeit besuchte er seine Familie, aber er tat das nur nachts. So hatte er erfahren, dass seine Neffen Händler in einer Hafenstadt im Norden geworden waren. Wenn sie wieder einmal in die Heimat kamen, schickten sie Dromedare voraus, beladen mit Kleidern und Luxusartikeln. Das Haus der Familie war um einen Flügel und einen zweiten Innenhof erweitert worden. Das roch nach so viel Reichtum, dass Agoun'chich sich ärgerte; doch er hatte seit langem begriffen, dass die alte Welt unwiderruflich untergegangen war. Er blieb ein paar Stunden bei seiner Familie und verschwand dann wieder vor Tagesanbruch. Bei einem seiner Besuche wäre er fast abgeknallt worden. Er machte seinen Feinden einen Strich durch die Rechnung, indem er schleunigst von seinem Maultier sprang, sich umzog und einige Minuten später wieder aufstieg; seine Verfolger waren übertölpelt. Sie glaubten nämlich, er habe einen Komplizen. Sie lauerten ihm ziemlich lange vergeblich auf. Diesen Fehler haben sie sich nie verziehen. Sie besitzen noch Waffen, dachte er. Ich muss auf der Hut sein. Er war überzeugt, dass seine Tage gezählt waren. Würde er sich wie ein Schakal abschlachten lassen, er, den alle den König der Berge nannten? Nein! Ich bin es, der sie töten wird. Macht nichts, wenn ich dann krepiere! Ich will nicht weiter zusehen, wie die Dinge sich ändern, ohne dass ich etwas tun kann, um den Frieden der Vorfahren wieder zu finden.

Das Leben in einer Höhle mitten im Gebirge war nicht leicht. Im Frühling, im Sommer und sogar im Herbst konnte es angenehm sein, mit wilden Tieren das Lager zu teilen, aber im Winter war das ganz anders. Von Mitte Dezember an wurden die Nächte extrem kalt und man fand kein Holz mehr, um sich zu wärmen oder sein kärgliches Essen zu kochen; Schnee bedeckte die höchsten Gipfel; man musste Wollsachen tragen, um nicht zu erfrieren. Es gab weniger Wild. Die gesamte Natur erstarrte auf einmal und man hörte ein unheilvolles Krachen im Schlund der Felsschluchten. Starke Winde fegten über die steilen Berghänge und drohten, selbst die massivsten Felsen fortzuwehen. Die schweren Stürme hielten manchmal Wochen an; sie rissen wie Strohhalme die majestätischen Palmen am Rand der ausgetrockneten Wasserläufe um. Hinzu kamen sintflutartige Regenfälle, die alles mit sich fort trugen. Lehmhäuser stürzten zusammen, Bäume trieben in den reißenden Bächen, zusammen mit Leichen und Tierkadavern.

Agoun'chich wusste, dass jener Winter fürchterlich sein würde, und beschloss daher, nach Tiznit zu gehen. Er warf voller Bitterkeit einen letzten Blick auf das Tal, in dem er geboren war, wickelte seine Sachen in eine Decke, schnallte sie auf den Rücken des Maultiers und machte sich auf den Weg. Er kannte die geheimsten Schleichwege im Gebirge... Daher glaubte er, dass er schlimmstenfalls Schäfern oder einsamen Landstreichern begegnen würde. Er würde die Dörfer an der kürzlich von Legionären gebauten Straße meiden und dem Weg durch die Berge folgen. Nachts würde er wie gewöhnlich unter freiem Himmel schlafen. Allerdings müsste er Futter und Wasser für sein Tier besorgen, denn die Berge waren von der Sommerhitze vollkommen trocken und kahl. Das machte ihm kein Kopfzerbrechen, denn er konnte ohne weiteres zahlen.

Nach vier Tagen Fußmarsch kam er in Tiznit an. Er hatte diese Stadt noch nie gesehen, aber man hatte ihm begeistert geschildert, wie farbenfroh und prächtig sie sei. Sein Blick blieb lange auf der Stadtmauer haften. Angeblich war die Gründerin eine reuige Prostituierte gewesen. Sie war zusammen mit einer Hündin aus der Sahara gekommen. Seit Stunden waren die beiden dem Verdursten nahe. Auf einmal verschwand die Hündin und kam dann ganz nass wieder. Sie führte ihre Herrin sogleich zu einer Quelle, aus der reichlich klares Wasser floss. Da zog die ehemalige Prostituierte einen Strich unter ihre ausschweifende Vergangenheit, ließ sich an der Stelle nieder und wurde eine Heilige ohne Fehl und Tadel. Nie hat jemand diese Legende überprüfen können, aber Agoun'chich glaubte daran, wie er an die Existenz übernatürlicher Wesen und die dunklen Mächte der Finsternis glaubte, die ihn immer vor einer unmittelbaren Gefahr bewahrt hatten.

Bei seiner Ankunft mietete Agoun'chich sofort ein Zimmer in einem Gasthaus am Place du Méchouar. Auf diesem großen, rechteckigen Platz mit seinen Garküchen und bescheidenen Herbergen fand sich eine buntscheckige Menge ein. Es war ständig ein lebhaftes Hin und Her. Man konnte sich hier für so gut wie nichts satt essen. Obwohl es neuerdings Lastwagen und Autobusse gab, ritten die Leute weiter auf Maultieren oder Eseln und transportierten ihre Sachen auf Dromedaren. Die frommen und abergläubischen Köpfe setzten die modernen Erfindungen noch mit Teufelswerk gleich. Sie behaupteten, die Franzosen hätten sie bei ihnen eingeführt, um die Gläubigen vom rechten Weg abzubringen und die Reihen der Ungläubigen zu vergrößern.

Agoun'chich konnte endlich aufatmen. Er war nun überzeugt, für eine ganze Weile vor seinen Verfolgern sicher zu sein. Er begann sogar, ernsthaft über seine Zukunft nachzudenken. Gut, er hatte noch genügend Geld, um ein oder zwei Jahre zu leben, aber dann? fragte er sich. Es kam nicht in Frage, dass er zum Straßenräuber würde. Revoltieren hatte schlicht keinen Sinn mehr.

Vorbei die Zeit, wo ich meinen Feinden überlegen war. Also? Händler werden wie alle anderen? Mich irgendwo im Norden niederlassen oder dem Land den Rücken kehren und nach Algerien oder Tunesien gehen? Es heißt doch, dass es da viele Möglichkeiten gibt. Im Übrigen kennt mich da keiner. In Gedanken schweifte er manchmal so weit ab, dass er am Ende vergaß, dass sein Schicksal sich von allen anderen unterschied. Und was würde die Familie sagen, wenn ich wegginge, ohne ihr Bescheid zu geben? Man würde sagen: Er ist verschollen... Die Frauen würden zu Sidi Abdoul Jabbar gehen, um auf dem Felsen zu beten und meinen Namen rufen. Sie würden in ihren Träumen herumstöbern, um zu erfahren, ob ich nach einer langen Abwesenheit wiederkommen würde oder ob ich tot sei. Nein! Ich muss nicht unbedingt in das Dorf zurückkehren, das wäre eher leichtsinnig!

In dieser betriebsamen Stadt hatte er keinen Freund, dem er sich hätte anvertrauen können. Er sprach mit niemandem und setzte sich nie zu jemandem an den Tisch. Der Wirt hatte ihn auszuhorchen versucht, um zu erfahren, wer er war und woher er kam; aber Agoun'chich wich jedem Gespräch aus. Seitdem belästigte ihn der Wirt nicht weiter. Agoun'chich hatte keine Papiere; übrigens hatte in jener Zeit niemand Papiere. So gesehen konnte er also beruhigt sein. Die Behörden schickten keine Polizisten an öffentliche Orte. Für sie waren alle, die durch diese Stadt zogen, Landstreicher, die man über kurz oder lang zur Arbeit zwingen müsste.

Um sich zu verstecken gibt es nichts Besseres als diese menschliche Einöde, sagte sich Agoun'chich immer wieder. Wenigstens hier fühlt man sich wirklich allein. Man hat jede Menge Zeit, Pläne für die Zukunft zu schmieden. Wenn ich im Gebirge geblieben wäre, wäre mein Maultier erfroren und ich weiß nicht, was aus mir geworden wäre. Hier esse ich mich satt und sehe außergewöhnliche Dinge; ich lerne ein anderes Leben kennen. Es gibt keine unvorhergesehenen Zwischenfälle, aber ich muss vorsichtig sein. Allerdings muss man mehr Angst vor den Automobilen haben als vor den Menschen. Diese Maschinen fahren dich platt wie einen Hund oder machen dich zum Krüppel, was schlimmer ist, denn lieber krepieren als ohne Beine sein wie die lästigen Bettler vor den Ladeneingängen.

Das Schauspiel auf der Straße faszinierte ihn. Bei einem Spaziergang sah er morgens auf dem Platz zwei blonde Europäerinnen, gefolgt von einer bewaffneten Ordonnanz, die einen Sack

voller Lebensmittel trug. Da er noch nie so hübsche Frauen gesehen hatte, glaubte er an eine Erscheinung; doch es wurde ihm dann schnell klar, dass es Ausländerinnen waren.
Die Franzosen sind bekannt für ihre schönen Frauen, dachte er und es wurde ihm schlagartig klar, welch tiefer Graben ihn von der europäischen Zivilisation trennte. Diese Leute wissen sicher nicht, was Armut, Läuse und Dreck sind. Man muss nur ihre rosigen Backen betrachten, um zu sehen, dass sie gut essen. Dieser Trottel läuft ihnen nach wie ein Hund! Ach! Wo sie doch alle diese Maschinen erfunden haben, ist es nicht unwahrscheinlich, dass sie über die Welt herrschen werden. Wir sind so fern von ihnen! Wir dümpeln in der Unwissenheit und waten im Kaulquappentümpel wie überflüssiges Ungeziefer. Oh weh! Wir sehen aus wie Menschen, aber das ist vielleicht auch nur eine Illusion. Sie haben uns so leicht zertreten, wie man eine Wanze zertritt.

Da er nichts anderes zu tun hatte als durch die Straßen zu laufen oder zu schlafen, suchte er lieber die äußeren *Souks* auf, wo die Gaffer sich um die Märchenerzähler und Schlangenbeschwörer sammelten. Er mochte diese verschlossenen Männer ohne Treu und Glauben, deren Wohnung die ganze Welt war. Agoun'chich hörte gern ihre bedeutungsvollen Geschichten an und warf ihnen zum Schluss immer ein Geldstück hin. Ihm hatte vor allem die Erzählung von dem weiblichen Raben gefallen, der jeden Tag die Leber eines verdammten, auf dem höchsten Gipfel in Ketten liegenden Mannes fraß, die immer wieder nachwuchs. Er war fasziniert von einem solchen Wesen, denn den kümmerte noch nicht einmal die bitterste Eiseskälte. Derselbe Märchenerzähler sprach in allen Einzelheiten von den Riesen, die einst die Erde bevölkert hatten. Ihre merkwürdigen Kämpfe schilderte er so anschaulich, dass man den Kriegslärm zu hören glaubte. Er vermischte nie Gut und Böse, behauptete aber, in jenen Zeiten habe immer die Stärke gesiegt. Man musste immer noch schlauer sein, um die Bestie im Menschen zu besiegen. Die Schwächsten, so zahlreich wie Ameisen, mussten sich zusammenschließen, Waffen erfinden, um einen langen, unerbittlichen Krieg mit den Titanen zu führen. Doch diesen Krieg haben sie nicht gewonnen und werden ihn niemals gewinnen, weil die Titanen immer noch in unseren Albträumen herumgeistern.

Seit einiger Zeit ging das Gerücht um, auf dem Schießplatz außerhalb der Stadt werde es eine öffentliche Hinrichtung geben. Es hieß, der Verurteilte habe die Frau eines Hauptmanns vergewaltigt und ermordet. Man hatte ihn unter Ausschluss der Öffentlichkeit in einem alten, in eine Kaserne umgewandelten Gebäude verurteilt. Es erstreckte sich über eine große Fläche und war von einer Mauer gesichert. Früher musste es einem mächtigen *Qaïd* gehört haben, der nicht nur über Tiznit herrschte, sondern auch über die ganze Umgebung... oder einem dieser religiösen Würdenträger aus der Sahara, die mit den verschiedenen Wellen von Almoraviden und Reformatoren gekommen waren. Wer ihn kannte, sagte, der Verbrecher sei nur ein halbverrückter Landstreicher, der sich nie an einer Frau vergriffen hätte. Das Gerücht schwoll immer mehr an durch weitere Details und Erklärungen; sie zielten darauf ab, einen Legionär, in den das Opfer verliebt war, als den Täter hinzustellen. Das schien jenen unglücklichen Mann zu entlasten, dessen einzige Untat in seinem zweideutigen Verhalten bestand. Er lief nämlich so gut wie nackt herum und entblößte schamlos seinen Eselspenis, um kleine Mädchen und selbst alte Frauen zu erschrecken. Man wusste, dass er geistesgestört war, und ließ ihn in Ruhe. Doch während der genannten Ereignisse strich er in der Nähe der Offizierswohnungen herum; er strich da herum, wobei er alle möglichen unanständigen Ausdrücke schrie. Es brauchte nicht weniger als vier Soldaten, um mit diesem eigentlich ungefährlichen rohen Burschen fertig zu werden. Er imponierte nämlich durch seine außergewöhnliche Körperkraft. Er war eine Art Riese, der einen wütenden Stier töten konnte, aber sein Gehirn blieb weit hinter seiner unglaublichen physischen Stärke zurück. Obwohl er in der Öffentlichkeit mit sexueller Aggressivität auftrat, die nie mehr war als einfach nur Erregung öffentlichen Ärgernisses, sahen die Garnisonschefs in ihm einen zurückgebliebenen Menschenaffen. Allerdings glaubten sie, er sei eines solchen Verbrechens durchaus soweit fähig, um es ihm zur Last zu legen. Daher begannen sie auch keine ernsthafte Untersuchung. Andere Leute behaupteten hinter vorgehaltener Hand, der gehörnte Ehemann habe seine Frau und ihren Liebhaber beim Liebesspiel erwischt. Als er sie zu trennen versucht habe, hätte sie einen tödlichen Schlag bekommen. Um diesen unbeabsichtigte Tötung zu vertuschen, haben sich die beiden Widersacher diese Geschichte von der Vergewaltigung von A bis Z ausgedacht. Sie fanden sogar Zeugen, die hartnäckig versicherten, der Landstreicher sei der wirklich Schuldige. Sie hätten ihn überrascht, als er überstürzt die Wohnung der Toten verlassen hätte. Schließlich sei es nicht das erste Mal gewesen, und wenn man ihn nur lange gehörig foltern würde, würde man ihn unweigerlich zum Sprechen bringen. So gingen die Männer vor, die ihn verhörten; da er aber nur schrie, verzichtete man einfach auf ein Geständnis und verurteilte ihn zum Tode.

Agoun'chich, der diesen Fall aus der Nähe verfolgte, wusste genau, dass der Unglückliche nur ein weiteres Opfer war... Ja, er würde bei der Hinrichtung zugegen sein, aber nicht, weil er blutrünstig wäre. Nein, auf keinen Fall würde er das Schicksal dieses armen Kerls beweinen. Er würde bloß hingehen um zu sehen, wie das ablaufen würde. Angeblich würde es eine Art Totenfeier geben, ganz genau so wie das groteske Schattentheater, das er in seinen Träumen flüchtig gesehen hatte... Das Kommando würde aus einem Dutzend Soldaten bestehen... Ein Offizier würde rufen: „Anlegen! Feuer!"... und die Gewehrsalve würde den armen Teufel niedermähen. Man hätte ihm vor der Erschießung die Augen verbunden. Er dürfte auf keinen Fall erfahren, was mit ihm geschieht, erklärten die, die schon an Erschießungen teilgenommen hatten. Er würde sonst vor seinem Tod zu flennen anfangen und verrückt werden.

- Aber er ist ja schon verrückt! meinten die anderen.

- Nicht so sehr, dass er keine Angst vor dem Tod hat, erwiderten die Kenner.

Agoun'chich mischte sich nicht in ihre Gespräche ein. Er hörte zu und registrierte die kleinsten Details. Es gefiel ihm, dass er wusste, wie diese Welt funktionierte, in die er durch die äußeren Umstände geraten war, diese Welt, die ihm absurd erschien, aber deren Tricks er erkennen musste, um sich nicht darin zu verstricken. Ich bin doch keine Fliege, die sich in einem Spinnennetz verfängt! Ich bin ein Mann mit Erfahrung, und diese Welt, oder besser diese Hölle werde ich genau studieren, da ich ja gezwungen bin, darin zu leben. Freilich, wenn ich Tricks anwenden muss, wende ich eben Tricks an! Ach! ich werde das, was mir noch an Menschlichkeit geblieben ist, über Bord werfen. Manchmal muss man sich selbst auslöschen, um als ein anderer wiederzuerstehen... Haben die ersten Menschen denn nicht nur eine andere Seele angenommen? Sie sind zu Lügnern geworden, wobei sie ihre ursprüngliche Aufrichtigkeit aber behalten haben; Lügner und Heuchler, denn ihre Gesellschaft war auf Lügen und Gewinnsucht gegründet. Sobald man seinen Mitmenschen nicht mehr vertrauen kann, beginnt man, ihnen übel mitzuspielen. Heutzutage muss man sich in cincn Aal vcrwandcln! Das cinzig Richtige ist, alles zu beobachten, ohne dass ich irgendeinen meiner Gedanken offenbare. So werden die anderen mich respektieren und fürchten.

Überall war von der bevorstehenden Hinrichtung die Rede. Dieses Ereignis sollte allen, die gegen die neuen Gesetze verstoßen würden, eine Lektion oder sogar eine Warnung sein. Die Machthaber meinten damit:

- Wir sind gehalten, dieser Masse von Hungerleidern und armen Schluckern zu zeigen, dass mit uns nicht zu spaßen ist. Man muss schon den Blutzoll zahlen, um da herauszukommen, das wäre ja noch schöner, stimmt's, ihr Kerle? Gesetz ist Gesetz und niemand darf das Gesetz missachten, sagte der Garnisonskommandant. Er selbst aber wusste nicht, dass „diese Masse von Hungerleidern und armen Schluckern" seine Sprache nicht verstand. Er wusste auch nicht, dass seine Gesetze nicht die der Menschen waren, die man mit Knüppeln vorantrieb. Im Übrigen hatte er keinerlei Erfahrung mit den Menschen aus dem Süden, obwohl er in Algerien und Indochina gedient hatte. Was hätte er getan, wenn er die Wahrheit erfahren hätte? Hätte er angeordnet, dass der betrogene Ehemann und der am Tod der Frau mitschuldige Liebhaber hingerichtet werden? Oder hätte er nur den Liebhaber verurteilt, weil er ein Prinzipienreiter wäre? Gewiss, er war ein sittenstrenger Sturkopf und würde nicht die geringste Beleidigung der Religion hinnehmen und eher die Ehebrecherin verbrennen. Er hatte den Geist eines unerbittlichen Inquisitors, aber er hätte niemals mit den eigentlich Schuldigen abrechnen können. Schuldig waren die ja nicht, denn dieser Tod war nur die Folge eines Unfalls. Doch sie wurden insofern wirklich kriminell, als sie zuließen, dass ein Unschuldiger erschossen wurde.
Immerhin, die Ehre ist gerettet, dachten sie. Die Ehre! Dieses Wort hatte seinen Sinn verloren. Man befleckte sich mit dem Blut anderer, um zu verbergen, dass man sich schämte, und nannte das dann Ehre! „Schließlich ist der Typ verrückt, sagten sich die beiden Schlauköpfe... Er oder wir, stimmt's? Los! trin-

ken wir noch diese Flasche aus! Der ist super, dieser Beaujolais! Danach vergessen wir alles. Man kann alles vergessen! Es gibt wirklich keinen Grund, sich eine Kugel durch den Kopf zu jagen." Und sie erinnerten sich nur noch vage an die Sache, als sie sich zutranken, oder besser: sich betranken.

Am Tag der Hinrichtung führten bewaffnete Wachen den Verurteilten vom Gefängnis zum Schießplatz. Sie führten ihn bewusst zu Fuß dahin. Man wollte, dass die Menge sich von diesem ungewöhnlichen Schauspiel beeindrucken ließ und jeder im Gedächtnis behielt, wie grausam eine gewisse Justiz durchgreifen konnte. Der Offizier, der das Urteil verlesen sollte, bevor er dem Erschießungskommando das Feuer zu eröffnen befahl, ritt auf einer schwarzen Stute dem Zug voran. Es folgte eine Truppe, in deren Mitte ein sehr großer Mann lief, dem man mit einem nassen Strick die Hände auf den Rücken gebunden hatte. Er trug widerliche Lumpen und lächelte, als ginge er zu irgendeinem Fest... Er sah überhaupt nicht aus wie einer, der Angst vor dem Tod hat. Wenn man ihn so sah, von der Realität losgelöst, meinte man, er lebe in einer Parallelwelt. Er hielt sich gerade und lief im gleichen Takt wie die anderen. Man musste ihn keineswegs mit Peitschenhieben vorantreiben; er schien fröhlich und ging ohne Murren dem Tod entgegen. Diese Unbekümmertheit entsetzte alle, die vor dem Tod flüchteten. Sogar die Soldaten waren erstaunt über dieses seltsame Verhalten, das ihr Chef im Innersten „Ist-mir-doch-egal"-Haltung nannte. Aber es rang ihm trotzdem fast Bewunderung für einen solchen Mann ab.

- Ohne seine Beschränktheit wäre er ein ausgezeichneter Soldat geworden, eine echte Tötungsmaschine. Schade!

Der Hauptmann war eingeladen worden, sich die Hinrichtung anzusehen, aber er lehnte das Angebot ab, indem er angab, er sei tief traurig, was wahrscheinlich stimmte. Jedenfalls war er seit dem Unfall nicht mehr nüchtern geworden.

Am Stadtausgang ging der Zug in Richtung eines riesigen steinigen Geländes, auf dem weiß gekalkte Zielscheiben aus Zement standen. Mit schwarzer Farbe hatte man konzentrische Kreise darauf gemalt. Es waren schon Soldaten da. Für den Anlass war zwischen zwei Zielscheiben ein Pfahl errichtet worden. Daran würde man den Verurteilten für die Erschießung fesseln. Die Menge, neugierig wie eine Gruppe Hyänen, drängte sich heran, wagte jedoch nicht, sich der von Soldaten gebildeten Mauer zu nähern.

Agoun'chich war auch da. Er wusste, was geschehen würde, wollte aber alles mit eigenen Augen sehen. Die Haltung des Verurteilten beeindruckte ihn kaum. Das ist ein Verrückter... und schlimmer noch: ein Zombie! Man führte den armen Teufel durch die Menge zu dem Pfahl. Die Uniformknöpfe glänzten in der kalten Morgensonne. Es war Herbst... Hin und wieder kamen Windstöße vom nahen Meer herüber und ließen kleine Staubwolken entstehen. Das ist das Zeichen, dass bald ein heftiger Regen niedergehen wird, dachte Agoun'chich. Der Leichnam dieses unglücklichen Kerls wird vielleicht nicht verwesen. Aber wer weiß! Es gibt ja Leute, deren Körper sich nach dem Tod nicht zersetzt. Die Vorfahren verglichen sie mit den Friedhofsdämonen, den Vampiren und all den Tausenden von Schattengestalten, die die Nächte unsicher machen, die Schlafenden quälen oder mit ihnen Unzucht treiben.

Als man den Verurteilten an den Pfosten fesseln wollte, begann er augenblicklich, wild um sich zu schlagen und zu brüllen wie ein in die Enge getriebenes Tier. Mit einem einzigen Fußtritt streckte er einen der Soldaten zu Boden, die ihn zu bändigen versuchten; aber er kam nicht einmal auf den Gedanken zu fliehen. Im Gegenteil, er trotzte ihnen mit hervorquellenden Augen und Schaum vor dem Mund. Das bedeutete: Wenn ihr Mumm habt, kommt doch her, ihr Weichlinge! Der Offizier zog seinen Säbel aus der Scheide und schwang ihn durch die Luft; er saß immer noch auf seinem Pferd, das die allgemeine Aufregung spürte und vielleicht in einer Art von stummem Einverständnis mit dem Verrückten zu stampfen begann und den Reiter fast abgeworfen hätte. Die Menge stieß dumpfe Schreie aus und drohte, das Gelände zu erstürmen. Einige selbsternannte Anführer forderten ihren Nachbarn auf, den Gefangenen zu befreien, aber niemand wagte, die Mauer zu durchbrechen, die die Soldaten einige Meter vor ihnen gebildet hatten, bereit, auf jeden zu schießen, der sie angreifen würde:

- Beim kleinsten Anzeichen einer Revolte schießt in den Haufen, hatte der Offizier befohlen.

Auf diese Weise verging eine halbe Stunde, bevor man den Verurteilten zusammenschlug. Endlich trug man ihn zu dem Pfosten und fesselte ihn, dann brachte man ihn wieder zu sich,

um ihn zu erschießen. Er musste bei Bewusstsein sterben, verdammt noch mal! Was folgte, war nur noch eine Formalität:
- Anlegen! Feuer!

Den guten Mann traf eine schreckliche Ladung mitten in die Brust; er sackte bühnenreif in Strömen von Blut zusammen. Beim Anblick dieses zerfetzten Körpers löste die Menge sich eilig auf und die Frauen nahmen ihren Schleier ab und zerrissen ihn. Alle hatten es eilig, nach Hause zu gehen, als ob der Leichnam des Hingerichteten zusammen mit einer Horde von Rachegeistern sie verfolgte. Nur Agoun'chich, der schon Schlimmeres erlebt hatte, betrachtete noch eine Weile das traurige Bild, bevor er langsam zur Herberge zurückging.

Die öffentliche Hinrichtung des Landstreichers war den einfachen Leuten keineswegs gleichgültig, sondern empörte sie, und einige zahlen es den einzelnen Beamten und den angetrunkenen Legionären heim. Diese traf man nachts angeheitert bei den Bordellen und Spelunken an, die seit der Ankunft der Truppen wie Pilze aus dem Boden geschossen waren. An diesen Orten hatte man bisher nur frisches Wasser und Molke getrunken, doch jetzt floss der Alkohol in Strömen. Wegen der Schlägereien war es auf den Straßen gefährlich geworden und in der Nähe des Wadis, ganz nahe beim Friedhof, sammelte man regelmäßig Leichen ein. Syphilis, weicher Schanker und andere Geschlechtskrankheiten waren aufgetaucht; Scharlatane stellten Bilder von zerfressenen und eiternden Geschlechtsorgane aus und warben für Wundermittel, deren geheime Wirkung angeblich nur sie kannten. Zwölfjährige Mädchen und Jungen prostituierten sich. Ein Mädchen von zwanzig Jahren galt schon als alte Frau. Geile Böcke mit Geld verlangten immer mehr „zarte Hintern" und manche forderten sogar unberührte Mädchen von zehn Jahren. Bald wird man schon welche aus der Wiege nehmen, dachte Agoun'chich. Er selbst ging nicht ins Bordell. Um seine sexuellen Bedürfnisse zu befriedigen, hatte er eine besondere Methode. Er zahlte wie alle, wählte aber eine körperlich gesunde Partnerin aus. Er hatte vorwiegend Umgang mit Mädchen aus guten Familien, die gefährlichen Abenteuern aus dem Weg gingen. Sie trafen sich nie da, wo man sie erkennen konnte. Um Agoun'chich zu treffen, wandten sie komplizierte Taktiken an. Sie verabredeten sich oft in den großen Obstgärten außerhalb der Stadt oder bei einer verständnisvollen Freundin. Er war nicht sehr auf Sex aus, er dachte fast nie daran... Er hätte sich nie mit einer Frau aus der Stadt eingelassen, obwohl er versuchte, sich dem Stadtleben anzupassen, denn er kämpfte ja nicht mehr im Gebirge. Er hatte natürlich das Recht, andere Mädchen zu heiraten, neben der Frau, die in seinem Dorf geblieben war... Ich will keine Kinder im Elend zurücklassen... Und ich hätte nicht gern, dass meine Töchter Huren werden. Es gibt schon zu viele Kinder, die sich auf der Straße herumtreiben. Sie schließen sich zu Diebesbanden zusammen und leben wie streunende Hunde.

Jeden Tag begegnete er solchen zerlumpten Gören. Sie bildeten straff organisierte Banden von ungefähr zwanzig Mitgliedern. Nicht unbedingt der Älteste war der Anführer, sondern der Stärkste und Intelligenteste hatte das Kommando. Er verfügte über die anderen, wie er wollte. Ihm fiel der größte Teil der Beute zu; ihm, der hauptsächlich die jungen Mitglieder missbrauchte. Wenn er einem anderen Clan den Krieg erklärte, setzte er sich geradewegs mit dessen Chef auseinander. Das endete mit Messerstichen, aber da sich alles außerhalb der Stadt abspielte, schritt keine Amtsperson ein. Diese Kinder wuchsen im Elend auf und lernten ganz alleine das kriminelle Handwerk. Sie hatten keine Familie, die Bande war ihre einzige Zuflucht. Es gab auch kein Waisenhaus oder eine wohltätige Institution, um sie aufzunehmen und zu erziehen. Aus Kleinkriminellen wurden in einigen Jahren hartgesottene Verbrecher. Sie verließen dann die kleinen Städte und gingen in die Hafenstädte im Norden, wo alle krummen Geschäfte möglich waren. Wer nicht Mitglied einer Gang wurde, landete in der Gosse oder verkam in irgendeiner Strafanstalt. Wenn ihre Landsleute ihnen halfen, wurden manche zunächst Verkäufer, dann Händler. Diese Form des Zusammenhaltens, die auf dem Herdentrieb der Menschen aus dem Süden beruhte, war ein gutes Mittel gegen die schädlichen Einflüsse. Sie gründete zugleich auf der Angst vor einer brutalen Zersplitterung und einer Versöhnung nach den Bürgerkriegen, die den gesamten Atlas ausgeblutet hatten. Das Patriarchat war so zäh, dass nichts den Gruppenzusammenhalt spaltete.

Manche Prostituierte traten bei Festen oder Hochzeiten öffentlich als Dichterinnen und Musikerinnen auf. Obwohl sie das älteste Gewerbe der Welt gewählt hatten (aber hatten sie es wirklich gewählt?), achtete man sie wegen ihrer Schönheit und ihrer Begabung. Jede hatte einen Schutzpatron, der gleichzeitig Muse und Inspiration war. Von ihm hatten sie ihre sprachliche Ausdruckskraft und jene besondere Aura, die sie umgab. Beides unterschied sie für immer von den Frauen, die Sklavinnen der Männer und Jahrhunderte lang durch Verbote entmündigt waren. Das Auftreten dieser ungewöhnlichen Prostituierten in der Gesellschaft ließ einen angeborenen Sinn für Freiheit erkennen. Sie hätten die alten Gottheiten verkörpert, wenn der Islam nicht mit einer Handbewegung die Idole und Gottheiten hinweggefegt hätte. Doch sie verkörperten in aller Augen die wahren Hüterinnen der mündlichen Kultur. Fast alle kamen aus irgendeinem Dorf, wo ihre Begabung gegen eine Mauer aus Spott stieß und ihre Reize sogar Auseinandersetzungen und boshafte Bemerkungen hervorriefen. Sie mussten vor den Ihren fliehen und ihren Körper verkaufen, um zu überleben. Dabei verleugneten sie ihn ganz einfach und flüchteten sich in eine Welt von Reinheit und Unschuld. So ähnelten sie der kleinen leuchtenden Flamme, die nichts anderes war als der Zauberschein des verlorenen Pardieses.

Agoun'chich sah lediglich, wie die Werte, die er konsequent verteidigt hatte, sich in einem langsamen Prozess auflösten. Er hätte gern weitergekämpft, aber es war zu spät. Allerdings hatten einige Unbeugsame noch nicht die Waffen gestreckt. Der bedeutendste unter ihnen, der Qaïd Najm Lakhsassi, versuchte, eine Befreiungsarmee aufzustellen. Aber er konnte nichts ausrichten, da ihm die Mittel fehlten. Die Spanier, die Ifni besetzten, versprachen ihm jedes Mal, wenn er sich an sie wandte, eine militärische Ausrüstung. Er war sogar zu einem Treffen mit dem Caudillo nach Madrid gereist, doch er musste einsehen, dass dies alles leere Versprechungen waren, denn Spanien und Frankreich hatten sich auf die Zerstückelung Marokkos verständigt. Zu dem Zeitpunkt fanden sich alle mit den beiden Protektoraten ab, nur jener bedeutende *Qaïd*, der Bou-Hmara (der Mann mit der Eselin) einst eine vernichtende Niederlage beigebracht hatte und ihn dann in einem Eisenkäfig nach Fez zurückbringen ließ, dieser *Qaïd* wurde nicht müde, mit allen Mitteln zu kämpfen, indem er einfach die vollendeten Tatsachen nicht anerkannte. Um ehrlich zu sein, er gründete alle seine Hoffnungen auf einen revolutionären bewaffneten Kampf. Hatte er denn nicht den Kämpfern vom Stamm der Glaoui in der Region Haouz und auf dem Plateau von Marrakech Widerstand geleistet und war er etwa nicht der Kriegsherr von Al-Hiba gewesen? Der Oberst Mangin, dessen Truppen er die Stirn geboten hatte, bewunderte aufrichtig seine kämpferischen Tugenden. Nur ein Offizier seines Schlages konnte einem ausgezeichneten Gegner eine solche Ehre erweisen.

Agoun'chich pflegte einen besonderen Ahnenkult, dessen Lehren er genau befolgte, und hätte sich gern durch das unsichtbare Band des felsenzerschmetternden Blitzes oder das Euter der Kuh, die mit den Geistern seines Geburtshauses lebte, den Schatten der Vorfahren verbunden. Aber er befürchtete jetzt, dass ein Auseinanderbrechen der Stämme unmittelbar bevorstünde, denn er wusste: nur noch das Geld würde zählen, sobald das Gemeinschaftsgefühl etwa durch eine allgemeine Hungersnot oder

Landverknappung beeinträchtigt würde. Diese Stadt im Wandel zeigte ihm das künftige Bild seines Gebirges und so das Bild eines allmählichen Verfalls. Er ging aus, um die Vorzeichen genauer zu beobachten, wie er einst ausging, um herumzuschießen. Er ging in die Elendsquartiere und Spelunken, wo ungezügelte Prostitution und Trunkenheit herrschten, um sicher zu sein, dass von dem, was er hart verteidigt hatte, nichts mehr bleiben würde. Dort begegnete er verkommenen Frauen und Haudegen, die Mordgeruch verströmten... fetten Kupplerinnen und Verbrechern aller Art. Die Leute sprachen zu viel und er lauschte. Die Mädchen und die Männer betranken sich, sangen, kopulierten freizügig in wildem Durcheinander, aber er konnte sich aus einzelnen Wortfetzen Hinweise zusammenreimen, die ihn in dieser neuen Welt vor Fehltritten bewahren konnten. Ganze Nächte lang mischte er sich unter diesen gefährlichen kleinen Fische und merkte sich alles... Er trauerte immer noch um seine Schwester und seine Heimat und das schärfte sein Bewusstsein wie ein Messer.

Als sein Wirt ihm ohne Umschweife mitteilte, gerade habe ein Lastwagen sein Maultier umgefahren, glaubte er, verrückt zu werden.

- Es ist von ganz allein hinausgelaufen. Der Stallbursche hat vergessen, die Tür abzuschließen.

Agoun'chich packte ihn brutal am Hals und drückte fest zu, wie um ihn zu erledigen, aber als er sah, dass der andere fast draufging, ließ er locker und beruhigte sich allmählich.

- Wo ist das tote Tier? fragte er.

- Auf dem Platz. Da hat sich schon eine Menschentraube gebildet. Der Lastwagenfahrer hat sich aus dem Staub gemacht.

- Komm mit mir, befahl Agoun'chich.

Sie verließen die Herberge.

Eine unglaubliche Menge war an der Unfallstelle zusammengelaufen. Agoun'chich kämpfte sich mit den Ellbogen bis zu seinem Maultier durch. Es war noch nicht tot, doch aus einer halb armbreiten Wunde auf der rechten Seite floss das Blut in Strömen. Das Tier röchelte leise; sein ganzer Körper zog sich abwechselnd zusammen und entspannte sich wieder wie ein Blasebalg. Sobald es seinen Herrn sah, versuchte es in einer letzten Anstrengung sich aufzurichten, fiel aber schnell wieder hin. Dann schaute es ihn starr an und zwei dicke Tränen rollten aus seinen Augen. Agoun'chich konnte nicht mehr.

- He! Es muss hier weg, sagte der Wirt.

- Es ist noch nicht tot, aber es leidet schrecklich.

- Dann töte du es selbst. Ich rufe einen Fuhrmann, um es wegzuschaffen.

Agoun'chich schaute ihn erst wütend an, stimmte aber schließlich zu.

- Einverstanden! Ich kümmere mich darum, beeile dich.

Er zog seinen Dolch, beugte sich über das Maultier, strich ihm liebevoll über Ohren und Mähne und unterdrückte ein Schluchzen, bevor er ihm die Klinge gezielt ins Herz stieß. Das Tier schluckte noch einmal schwach, krümmte sich und war tot. In dem Augenblick hörte man ein unbestimmbares Gemurmel in der Menge. Agoun'chich stand auf und sagte ganz laut:

- Weder Hunde noch Vögel sollen sich an dir laben. Ich werde dich mit eigenen Händen begraben.

Und zu sich selbst fügte er hinzu:

- Wenn man alles verloren hat, braucht man nichts mehr fürchten.

Nachdem er vor der Stadt unter einem einzeln stehenden staubigen Feigenbaum sein Maultier begraben hatte, ging cr zur Herberge zurück. Er hatte den müden Blick, den man nur bei enttäuschten Liebenden und vom Elend gezeichneten alten Männern sieht. Er ging, ohne jemanden anzuschauen, durch den Speisesaal, dann über den Innenhof und betrat sein Kabuff, unfähig, einen Gedanken zu fassen, und wie gerädert. Er fiel sofort auf sein Lager und schlief gleich ein; im Traum verfolgten ihn groteske Schatten und blutleere Wesen. So verbrachte er zwei Tage und zwei Nächte, ohne zu essen und zu trinken. Er dachte über

nichts nach, versuchte bloß zum ersten Mal, in seinem Inneren Ordnung zu schaffen. Alles schien ihm jetzt vorbei zu sein. Die Welt ist am Ende, dachte er mehrmals. Meine Welt ist begraben wie mein Maultier. Mein Gott! Muss ich denn wie die anderen werden, ein ganz gewöhnlicher Mensch, ich, der ich nichts mit denen zu tun habe und mein ganzes Leben lang für Gerechtigkeit gekämpft habe?
Ja, sprach eine ganz leise Stimme zu ihm. Geh und löse dich in der Anonymität der Großstadt auf. Du wirst Händler oder Polizist sein, wer weiß... Aber kehre nicht in dein Gebirge zurück; es gehört dir nicht mehr. Geh so weit weg wie möglich. Nimm den Bus und fahre weg!
Genau das werde ich tun, entschied er.

Noch am gleichen Tag vergrub er seine Waffen neben seinem Maultier und nahm den Bus nach Casablanca.